微笑的种子，开花了

蔡澜——著

中国盲文出版社

序·蔡澜是一个真正潇洒的人

文｜金庸

除了我妻子林乐怡之外，蔡澜兄是我一生中结伴同游、行过最长旅途的人。他和我一起去过日本许多次，每一次都去不同的地方，去不同的旅舍食肆；我们结伴同游欧洲、三藩市，再到拉斯维加斯，然后又去日本。最近又一起去了杭州。我们共同经历了漫长的旅途，因为我们互相享受作伴的乐趣，一起去享受旅途中所遭遇的喜乐或不快。

蔡澜是一个真正潇洒的人。率真潇洒而能以轻松活泼的心态对待人生，尤其是对人生中的失落或不愉快遭遇处之泰然，若无其事，不但外表如此，而且是真正的不萦于怀，一笑置之。“置之”不太容易，要加上“一笑”，那是更加不容易了。他不抱怨食物不可口，不抱怨汽车太颠簸，不抱怨女导游太不美貌。他教我怎样喝最低劣辛辣的意大利土酒，怎样在新加坡大排档中吸牛骨髓，我会皱起眉头，他始终开怀大笑，所以他肯定比我潇洒得多。

我小时候读《世说新语》，对于其中所记魏晋名流的潇洒言行不由得暗暗佩服，后来才感到他们矫揉造作。几年前用功细读魏晋正史，方知何曾、王衍、王戎、潘岳等等这大批风流名士、乌衣子弟，其实猥琐龌龊得很，政治生涯和实际生活之卑鄙下流，与他们的漂亮谈吐适成对照。我现在年纪大了，世事经历多了，各种各样的人物也见得多了，真的潇洒，还是硬扮漂亮一见即知。我喜欢和蔡澜交友交往，不仅仅是由于他学识渊博、多才多艺，对我友谊深厚，更由于他一贯的潇洒自若。好像令狐冲、段誉、郭靖、乔峰，四个都是好人，然而我更喜欢和令狐冲大哥、段公子做朋友。

蔡澜见识广博，懂得很多，人情通达而善于为人着想，琴棋书画、酒色财气、吃喝嫖赌、文学电影，什么都懂。他不弹古琴、不下围棋、不作画、不嫖、不赌，但人生中各种玩意儿都懂其门道，于电影、诗词、书法、金石、饮食之道，更可说是第一流的通达。他女友不少，但皆接之以礼，不逾友道。男友更多，三教九流，不拘一格。他说黄色笑话更是绝顶卓越，听来只觉其十分可笑而毫不猥亵，那也是很高明的艺术了。

过去，和他一起相对喝威士忌、抽香烟谈天，是生活中一大乐趣。自从我去年心脏病发之后，香烟不能抽了，烈酒不能饮了，然而每逢宴席，仍喜欢坐在他旁边，一来习惯了；二来可以互相悄声说些席上旁人不中听的话，共引以为乐；三则可以闻到一些他所吸的香烟余气，稍过烟瘾。

蔡澜交友虽广，不识他的人毕竟还是很多，如果读了我这篇短文心生仰慕，想享受一下听他谈话之乐，又未必有机会坐在他身旁饮酒，那么读几本他写的随笔，所得也相差无几。

目录 Contents

辑一 | 微笑的种子，开花了

002 / 玩泥沙的日子哪去了

004 / 有一技之长多好

006 / 微笑的种子，开花了

014 / 精神上的健康，比一切都重要

016 / 有幽默感的人，做事更容易成功

018 / 一切烦恼，都是由贪心开始

020 / 每一天都问自己活得好吗

022 / 做得勤快，做什么都会被尊重

024 / 人生，看你如何选择和被命运安排

026 / 人生要学的，太多

028 / 有个好榜样，脚踏实地地做人

030 / 太花心了，变成了没有个性
032 / 相信他是想看到你快乐的
034 / 做朋友，给骂几句不要紧
036 / 交友之道，在于原谅对方

辑二 | 乐观的人，运气好

040 / 活得有趣，才能活得精彩
045 / 无聊，是年轻人的绝症
047 / 可爱的宠物，让人开心每一天
052 / 活着，就要做有意义的事
054 / 我们这辈人最幸福的事
056 / 等到你成熟时，就会起变化
058 / 一世到底有多长
060 / 努力向前，必有收获
062 / 乐观的人，运气好
064 / 我的乐观是天生的
067 / 被背叛也管不了，看开点吧
069 / 抱怨，只当成一种娱乐
071 / 大吃大喝也是对生命尊重
073 / 吃，也是一种学问

078 / 普洱茶的真性情

辑三 | 忙里偷闲，苦中作乐

084 / 吃好喝好，就是功德圆满
087 / 忙里偷闲，苦中作乐
089 / 当你微笑时，世界和你一起微笑
091 / 不玩对不起自己
093 / 穷开心，总比有钱不开心要好
095 / 不必要的忍受，何必忍受
097 / 简单，就是茶道
099 / 我更喜欢看别人吃东西
101 / 得奖是开心事
103 / 沮丧，只是一个笑话
107 / 小孩子的画，看起来清心
109 / 总想着藏品值多少钱，便是穷光蛋
111 / 岁暮的白兰花

辑四 | 在无常人生，与寂寞缠绵

114 / 教养，跟出身没关系

116 / 梦想中属于我的小岛
118 / 相信自己的真性情
120 / 人生几何，要酬生平之不足也
122 / 骂人，要骂到节骨眼
124 / 不自爱的人，没药医
126 / 中年情怀
128 / 肯搏，总会出人头地
130 / 年轻时做过的疯狂的事
132 / 投资，不熟不做
134 / 一心一意的理想，总是能够达到
136 / 在无常人生，与寂寞缠绵
138 / 钱，是我的奴隶
140 / 教我们活得一天比一天好的学校

辑五 | 好的女人不会老，只会越来越优雅

144 / 好的女人不会老，只会越来越优雅
146 / 有豁达开朗的个性和思想，才算才女
148 / 女人，要有自己把日子过好的能力
153 / 上进的女人，有力量改变人生
158 / 我最喜欢的女人，是求进步的女人

162 / 优雅的女子，只剩下自己时才不化妆
164 / 清清秀秀、干干净净的，都是美女
166 / 嫁个有钱人，不如自己当个有钱人
168 / 女明星们，其实也是凡人
173 / 这世界哪有什么剩女
175 / 人生最好的经历是旅行
180 / 好女人遇事总往好处想

辑六 | 要整容，不如先整心

186 / 要整容，不如先整心
188 / 手提包，看出女人的个性
190 / 烦恼减到最少，最好
195 / 男人不怕官，只怕管
198 / 女人最大的毛病
200 / 忽然，少女已变成八婆
202 / 不求上进，女人便成了八婆
204 / 精神上有病，肉体上就有病
209 / “丑”女人的十宗罪
211 / 你以为的对他好就真的是对他好吗
216 / “你听我的话做，不就没事吗？”

221 / 可怜的丈夫，视归如死

223 / 跋·以“真”为生命真谛的蔡澜

236 / 附录 蔡澜：平生做过的事，负责就是

辑一

微笑的种子，开花了

玩泥沙的日子哪去了

今早的新闻中，看到北京的一个学校，专教小孩子如何成为神童，读小学就能有大学的成绩，全年学费竟然高达十四万人民币。

校长出镜解释如何教导。他没有眉毛，皮笑肉不笑，一脸奸相，一看就知道是个老千，但也有父母上当。据专家们说，那里的教学方法，和普通的并无两样。

都怪只能生一个。由父母，及男女双亲一共六个人来宠爱，非成龙不可，有些孩子，两岁已进入学堂，失去童真。

香港的也好不到哪里去，一两岁就要强迫他们去幼儿园。我一些朋友都说单单为了孩子的学业，每个月花一两万。那么多钱，长大了还得了？留下来自己吃吃喝喝，多开心？

玩泥沙的日子何去？现在的儿童关在石屎森林中，来往之地只是学校和家里。个个戴近视眼镜，老气横秋，把头埋进计算机。自己的脑袋，装了什么东西？

我们在河里抓小鱼，叶中找打架蜘蛛，过的童年是那么逍遥，现在的儿童永无体会。

玩到五六岁才去读幼儿园，有的干脆跳开，一下子进入小学。是的，也许我们那时的儿童，长大了比当今的笨，但是我们快乐。

也明白做父母的苦心，不迫孩子，今后怎么和别人竞争？但是应该回头一想，自己已经竞争了一辈子，还要下一代重蹈你的错误？

想开了，就能放心。先让儿女玩一阵子吧！这是实实在在的，是他们再也得不到的时光。今生今世，永远不会忘记！

最佩服苏美璐一样的人物，让女儿阿明在小岛上自由奔放，阿明长大后会失去竞争能力吗？她那么聪明，是不可能的。还是倪匡兄说得对：好的孩子教不坏，坏的教不好，让他们玩去！

有一技之长多好

书画文具店，标青的有上环的“文联庄”和油麻地的“石斋”。老板黄博铮先生，本身是一个书法家，与同好共创“甲子书法社”，一周一次在店里雅集，也教学生。

做这一行的，本身不爱好艺术不行，黄先生说：“市场很狭窄，没什么人肯干。”

我就是喜欢光顾这种“没什么人肯干”的铺子。“石斋”中各种文具齐全，单单宣纸就有上百种选择，我最爱用的是“仿古宣”。

字画收藏一久，白色或米黄色的纸，便会变成浅褐色或淡绿色。后者的颜色最美，看起来非常舒服，那种绿绿得可爱，像新摘的龙井。闻起来还有种香味，真个名副其实的古色古香。当今写字，不可能有这种效果，只有用“仿古宣”了。色彩一样，但没有香味，也只好接受。

店里也替客人接刻印的单。不收费用，直接

让顾客和名篆刻家接触。我的大师兄孔平孙先生也帮人家刻，小师兄禤绍灿本来也在“石斋”挂作品，但近年来积极教拳，篆刻方面很少去碰。古人说做才子有20种条件，琴棋书画后还有个“拳”字，绍灿师兄是真正的才子，我只是二十分之一才子。

这个年代，还有什么人对书画有兴趣呢？老板黄先生说：“主要客路是一些中产阶级，公务员和老师居多。他们收入稳定，空余时间控制得住，就会学字画了。但是近年来铁饭碗也打破了，客人又减少。”

“我们这一辈，也给父亲骂不学无术，”我说，“我相信青出于蓝，总有人肯学。”

“是的，”黄先生说，“有一技之长，至少老了可以摆摆摊写挥春，不必去当看更。”

微笑的种子，开花了

1

从赤鱲角飞大阪关西机场只要三小时，再直接乘一个半小时的车就到京都了。

我们这次是来抄经的，一群人浩浩荡荡迫不及待，但我还是要大家先吃顿好的，睡一晚，翌日去。我一向抄经就在早上，这习惯改不了。

第二天，我们来到岚山，因为路窄，要步行十多分钟之后才能到目的地“寂庵”。

“为什么抄经一定要跑到日本来？”有一位团友终于忍不住问。

“什么地方都可以，这里吃住都好，借故来的。”我笑着回答。

“京都那么多大庙，为什么要选这家小庵堂？”

“随意一点嘛。”我说，“庵的住持濑户内寂听是我的老友。”

“寂听是她的名字吗？”团友又问，“为什么取个寂字？因为寂寞？”

“照她的解释，寂字可作静。我们就静静地听她讲经吧。”

再也没其他问题，我们继续往前走。

从前只是一块农地，濑户内这位大尼只手空拳买了下来，按照自己的意思，一草一木地建起这个幽静的庵堂来。

门口很小，挂着一块用毛笔字写的“寂庵”两个字，已被风雨冲淡了墨汁，另有个大竹筒，筒上开了个口，写着“投句箱”三个字，用来让施主们留言，也代替了普通的邮箱。

走进院子，种满了树，可怜的小白花开放，一点一点。

花下有很多地藏石像，日本人供奉的都不是留胡子土地公，而是每一个都像儿童的地藏菩萨。有些包了一块红巾，像家庭主妇入厨时的围裙，不知有何典故，下次遇到友人再问个清楚。

另有一块巨石，刻着用抽象字体写的“寂”字，那么多个寂字，整个环境的气氛，产了一种非常幽静的感觉，令人安详。

再走前就是庵堂，而住持的住宅建在另一边。

2

“真是不巧。”濑户内寂听的秘书长尾玲子一见到我就说，“老师昨天晚上跌了一跤，肋骨断了。”

团友们听了失望，我说：“古人访友，有时过门不入。”

“您讲话还是那么有意思。”玲子说，“老师一直多么希望能见到您，从上次《料理的铁人》节目中遇到您之后，我们时常提起。”

“那时候你也在吗？”我已经不记得了。

她微笑点头：“请进，请进。”

庵堂之中，前面摆着佛像，堂内已有数十张小桌，透过白纸可以看到下面铺满《心经》，我们逐字临摹即可。

砚箱中还有一块砚、一条墨、一个盛水的小碟、一支舀水的小匙，日人叫为“水差”，另有二管毛笔和一块笔置以及两个文镇。

“写好了，请将砚和笔在后院洗干净，放回箱中好了。”玲子叮咛。

香炉中的烟飘过来，我们可以开始了。

团友们看着毛笔，又望见没有桌椅的榻榻米，一阵疑团，心里一定在说："几十年没碰过毛笔，怎么写？又要坐着写，膝腿受得了吗？"

我说："脚酸了，起来走走，中间停下，也不会像学校里给先生骂的。"

众人笑了，放松了一点，我又接着说："毛笔，只是一种工具，我们一抓，等于是手指的延长，不必怕。这是我的书法老师冯康侯先生教我的。"

大家更安心了一点。

能写多少字是多少字，多少行是多少行，经文的内容不必明白，如果不懂又想知道，等写完我再解释。

先滴水，再磨墨，我们举起笔来，一字字抄。

寂听人不在，但她的文章曾经写过："无心抄，也能把心安稳，任何苦难，任何悲哀，一概忘怀，这就是写经的无量功德了。"

3

大家一齐抄经，一字字用毛笔描，其中也有

些写惯经的，但也因盘膝而不舒服，不过大家动也不动，把一页经书抄完。

“有点不可思议。”团友说，“我以为一定忍不住要站起来的。”

我走到各人面前看，有些笔画幼稚，有些纯熟，俨如书法家，其中一位刘先生写得最好。我说：“有什么要问的吗？”

大家都摇摇头：“今后慢慢体会好了。”

“有什么共同的感受？”

“舒服。”大家回答。

本来庵里也设了一个小卖部，今天不开了，看宣传单张，有好几种。

“和颜施”是挂墙日历。什么叫和颜施？寂听说：“是一直微笑的脸孔。布施并不一定用金钱，人类的表情之中，微笑最美了，遇到人便微笑，就是另外的一种布施。”

挂历印着寂听名言，也有每日一句的案头日历出售，印着旧历、二十四节气和一年中的自然现象，像“今日牡丹花开”等。

最值得购买的是寂听的“微笑日记”，和别的不同，没有年份。

不但没年份，月、日都是空着的，另有空格让人填上：一、起床和就寝的时刻，让人知道睡眠时间充不充足。二、今日早、中、晚饭，让记录吃的东西平不平均。三、早、中、晚的服药。四、今日走的步数。

最重要的是有一个叫“微笑的种子”栏目，寂听问：“你开心吗？你快乐吗？你感恩吗？觉得其中之一，就要记下来，这是你微笑的种子。”

她并不赞成每天都要记日记，她说：“想记就记，不必勉强自己，另外，一有快乐的，就要填入微笑的种子栏内，遇不愉快的日子，便翻阅。你能记得过往有那么多开心事，心情自然安详了下来。微笑的种子，开花了。”

4

“我看不懂日文，请你把寂听的名言翻来听听。”有位团友要求。

试译如次：

“爱有两种姿态：渴爱和慈悲。想独占对方，又嫉妒又执着的是渴爱。慈悲是没有要求回报的爱，没有条件的爱。释迦叫人别爱，是要人戒渴爱。”

“旅行和爱，有相似的地方。喜欢旅行的人，都是诗人。”

“旅行和死，又有相通之处，出门后不回来，是诗人才能了解的情怀。”

“孤独又寂寞时，旅行去吧！旅行能把寂寞的心灵和疲倦的身躯轻轻抱起。”

“在不同环境下，不同心情之中，我们有交友的缘分，这是天赐给我们的，旅行去吧！”

“今天是一个好日子，明天也是一个好日子。一起身就那么想好了。一旦有什么不愉快的事发生了，就说：咦，弄错了吧？这么想就对了，开朗的人，不幸的事是不会发生在你身边的。”

“穿华丽的衣服能够让你心情开朗，穿灰暗的衣服心情就沉了下来。所以我越来越爱漂亮的颜色，偶尔也施点脂粉，这并不犯戒。”

“近来的年轻人知道过圣诞节送礼物，过情人节又送礼物；他们不知道有布施这回事。布施，是送给佛的礼物。”

“我年纪越大，越感觉到自己身上的血就是父亲的血留下来的。我倒酒给别人喝的时候，瓶口和杯子的角度、距离和手势，和父亲的像得不得了，令我想到在父亲生前，为什么不对他好一点。”

“任何悲哀和苦难，岁月必能疗愈，所以有日子是草药这句古话，只有时间，是绝对的妙药。”

“抄经和读经，不是一张进入幸福的门票。不期待回报的写经，才是一种真正的信仰。”

精神上的健康，比一切都重要

“你清瘦多了。”友人一看到我就那么说。

“你胖多了。”又一个友人说。

我不能阻止他们的评语，其实，一直以来，我的体重保持在七十五公斤左右，多年来没有变过，不然那么贵的西装，换来换去，再赚也不够花。让人感觉到肥胖，是照片或电视上的形象。镜头下，总比现实生活中臃肿，所以当演员的脸型都要瘦长的比较着数（占便宜）。

“没有想到你真人那么高。”没见过我的人也都那么说。人家看我清瘦，是因为我没有站起来。

我从十四岁开始就长到六尺，当今缩小了一点，也有一百八十公分，矮小的印象，是没有比例之故吧。

水墨画中，常有一个人物，才看出山峰之高。看到大鱼，人人都举着相机来拍，出现在照片中的是小尾一条。我会在鱼的身边摆着一包香烟，才能显出那条鱼有多大。

别人的主观，是避免不了的。

“你出那么多书。一定很辛苦！”他们总是那么说。

我一听到“一定”这两个字，就笑了出来，子非鱼，焉知鱼之乐？

和大家旅行时，我有助手帮忙打点一切，那几天是我最空闲的时候，吃完饭就睡觉，一大早起来写的字数，比香港的人数还要多。

精神上的健康，比一切都重要，为什么大家都要为我的身体担心呢？

都是好意。接受了吧，但是太过分的关怀，也增加了我的心理负担，可免则免。

到了这个阶段，“一定”辛苦的事，我不会，也不肯去做。

“我替你拉拉皮，不痛的。”好几位整容医生朋友都好心地说。

我总是笑笑：“脸上的每一条皱纹，都写着我每一种人生经验，这是我的履历书，不必擦掉。”

有幽默感的人，做事更容易成功

陪一个女人去买房子，前来介绍的女经纪，身体肥胖。她气喘吁吁地爬上那小山坡，满脸笑容，看完了一间又一间，我朋友都不满意，最后来到嘉多利山的布力加径，有间楼顶很高的，价钱又便宜，逗留得久一点。

我这个朋友是个名副其实的八婆，常损人不利己酸溜溜讲对方几句，看见那女经纪又气喘如牛的怪样子，她单刀直入地问道："你有没有140磅？"

"哇，请你不要乱讲，我现在哪里有140磅？"女经纪哇哇大叫一轮后说，"我20岁那年已经140了。出来做事，爱吃东西，一年胖1磅，现在160了。"

连那个绷着脸的八婆也给她惹得笑个不停。幽默真是一件大武器，绝对比那两个打破头的男经纪强得多。

我出外景时选工作人员，如果对方能讲一两个笑话，绝对先和他签约，因为我知道一去就是几个月，好笑的人比不好笑的容易相处。

有幽默感的人，做事的成功机会总比别人强，得到的朋友也更多。别以为讲笑话就是轻浮，连做总统也得讲一两个笑话来缓冲紧张的局面，里根和克林顿都使此招。

“你为什么出来做这一行？”八婆又问。

女经纪回答：“要养孩子呀，我和我先生离了婚。”

“为什么要离婚？”八婆又不客气地问。

“不能沟通呀，”女经纪说，“他连和哪一个女朋友约会都不肯告诉我。”

我们又笑了。八婆心情好，房子又看得满意，最后她说：“我想和先生商量一下。”

“商量一下也好，”女经纪说，“不过不是每一件事都要老公决定的。我减肥，就从来没有得过他的同意。”

八婆又笑了，交易即成。

一切烦恼，都是由贪心开始

早前的报纸上说，英国名校有个新玩意儿，加入“幸福课程”，教学生如何做个开心快乐人。

“幸福课程”教学生如何积极地面对挫折或恐惧、寂寞和羞愧的情绪。名与利并不代表快乐，是种社会科学。香港的社会也是愈富裕愈不快乐，也应该开设这一科，趁早教育年轻人怎么寻找快乐。

我从十几岁开始就懂得开心比伤心好的道理，一生往追求快乐的道路上走，有点心得，虽然没有文凭。

一切烦恼，都是由贪心开始。

年轻人最喜欢问的是：A君和B君，我到底要选哪一个？

要选哪一个？连这一点也搞不清楚的话，就是代表爱得不够深。爱得深，何须选择？贪心的人，两个都想要，就有困扰。这种情形，最好两个都不要，找C君、D君、E君、F君，或者

GHIJK 几个一起来好了。

计算机的原则，也是由一加一等于二开始的，把最复杂的数字，变为加或者减，答案就算出来。

而且悲哀的事，总会过，一过就笑了。我再次重复：考试、爱情、金钱的苦恼，大家都经过，一经过就笑。那么为什么不先把笑借来用用，让哀愁慢慢地分期付款清还？

对得起自己最重要，现在能吃，就吃多一点，等到牙齿咬不动，想吃也没办法。食色，性也，哪一方面也是一样的。

虽说爱情伟大，但还是没有比花钱更快乐的事。教你节省的有父母，有学校的先生，很少有人教你怎么花钱。我是一个专家，花钱的本领大过赚钱的，先教你一个花钱的办法：一有额外的收入，像在股票上有所斩获，或得到花红，那么拿百分之十来花。花得干干净净，尽快地花完，才有快感。一毛不拔的话，不知道赚钱赚来干什么。

快请我去当助教吧。

每一天都问自己活得好吗

在网上看到一则关于年龄的趣事，试译如下：

在我们生命中，唯一觉得老是一种乐趣的，只有我们当儿童的时候吗？

“你多少岁了？”人家问道。

“我四岁半。”

当你三十六岁时，你绝对不会回答：“我三十六岁半。”

四岁半的人长大了一点，给人一问，即刻回答：“我十六岁了！”

也许，那时候，你只有十三。

到了二十一岁那天，你伸直了手，握着拳，学足球运动员把拳缩回来，大叫：“Yessss！我已经二十一岁了！”

恭喜你，转眼间，你已三十，再也不好玩了！天呀，那么快！一下子变四十，怎么办？怎么挽留也没用，你不止变四十，而五十即刻来到。

这时候你的思想已经改变：“我会活到六十吗？”

你从“已经”二十一，“转为”三十，“快要”四十，“即将”五十，到“希望”活到六十，“终于”七十。最后，你问自己“会不会”有八十的寿命。很幸运的你九十岁了，你会说：“我快要九十一了！”

这时候，有一件很奇怪的事发生。人家问起：“你多少岁了？”

你返老还童地回答：“我一百岁半。”

快乐的人把岁数、体重、腰围等数字从窗口扔了出去。让医生去担心那些数字吧！你付他的钱，医生要处理，我们别管那么多。

生命并非以你活了多少岁来计算，是以你活得有没有意义来衡量。打麻将去吧！如果你没有什么嗜好，至少你不会患上老年痴呆症。

每一天都问自己活得好吗？散散步，看看花，是免费的。

做得勤快，做什么都会被尊重

今天收到的一封信："请你抽出你的宝贵时间，给我一个机会，让我跟你见面谈谈。数年来，我饱受事业和家庭的压力，如今已面临绝境。我非废人，可是活得比废人更不堪。一把年纪，死不足惜，只是对儿子及亲朋，我有未完之责任。找你，是因为你是一位智者，希望你可以给我一些意见，感激不尽。"

唉，比你需要帮助的人更多呀，如果你常读我的文字，就知道我是一个极不负责任的写作人，说几句什么做人要开朗、豁达的话，拍拍屁股就走，是不是行得通，谁知道呢？

我能给的意见，绝对解决不了你的问题，不如读古书吧。明人小品最可贵了，对人生的探讨，都给他们写尽了。

袁中郎写信给龚散木说："散木近作何状？人生何可一艺无成也？作诗不成，即当专精下棋。

又不成，即当一意蹴鞠抟弹。凡艺到极精处，皆可成名，强如世间浮泛诗文百倍。”

信中所提的“蹴鞠”，是古代的一种运动，鞠以皮络于外，中塞有物。“抟弹”，弹奏乐器也。此信就是教人写不成文章，可以去踢足球，做体育明星，也能学音乐，当流行歌手，赚大钱去。

绝对不是什么风凉话，凡艺到“极精”处，并非讲什么艺能，而是要专心，要勤力，要积极。我们看到一个辛勤又工作愉快的人，爱得要死，巴不得他们永远不辞职。

要活下去，什么都得做，就算倒垃圾，做得勤快，也被尊重，我在九龙城饮早茶时就看到这些人物，每天笑嘻嘻的，怎是废人？

人生，看你如何选择和被命运安排

从年轻开始，一直喜欢看讣闻，也不是一件什么奇怪的事。

名人去世，有大篇幅的图文并茂报道，非我所喜；爱看的，是一些籍籍无名的人，过着怎么样的一生。

记得抓到侯赛因那一天，大家争着读详情，我却在讣闻栏中注意到一位叫 Frank Schubert 的走了。他不是音乐家的后代，只是美国最后的一个守灯塔的人。

去世时八十八岁，守灯塔，守了六十六年。守灯塔是多么浪漫的一件工作！所有诗歌小说戏剧都赞颂，但没有多少人肯做。

枯燥吗？不见得，他守的是纽约的灯塔，见证所有世界上最大邮轮出入这个港口。在一九七三年，一艘货轮和油船于浓雾中相撞，也是由他看到了报海警，结果十个船员死亡，六个失踪，救起了六十三个人。

我们的印象之中，所有的美国老人都是捧着一个巨大的啤酒肚，但在讣闻中读到，他是一个又瘦又高、谈吐斯文的人。

当然有教养，他在孤寂中读了无数的书。其他嗜好也不过是钓钓鱼，从来没有放过一天的假，他说："我不要退休，我太爱海了，我太爱我的工作。"

爱海的人，可以当船员、渔夫，但这一些工作都是动的；看海的静，有什么好过当守灯塔的人呢？

灯塔由燃油到用电，一切自动化，但那一万火的灯泡坏了还需要人来换。不过当今有人造卫星导航，灯塔只能当明信片的背景。

站在舞台上，被千万的灯光照耀，和死守着一支灯，都同样要过。人生，看你如何选择和被命运安排罢了。

他说过："我每天看灿烂的黎明和日落，背后还有无数的曼哈顿灯火，一生何求！"

人生要学的，太多

享受姜花的香味，已到尾声，秋天一到，它就消失了。

我对姜花的迷恋，从抵达香港那一刻开始，那阵令人陶醉的味道，是我们这些南洋的孩子没有闻过的。

这里的人身在福中不知福，一年四季有花朵和食物的变化，人生多姿多彩，哪像热带从头到尾都是同一温度，那么单调。

姜花总是一卡车一卡车运来，停在街边，就那么贩卖。扎成一束束，每束十枝，连茎带叶，甚为壮观。

一般空运来的花，都尽量减低重量，剪得极短，姜花则留下一根很长的茎，长度有如向日葵的，插入又深又大的玻璃花瓶中，很有气派，绝非玫瑰能比。

花贩很细心地在花茎的尾部东南西北贯穿地

割了两刀，这么一来，吸水较易。

花呈子弹形，尖尖长长，在未开的时候。

下面有个花萼，绿叶左右捆着，有如少女的辫子。一个花托之中，大概有六到九朵尖花，这时一点都不香。

插了一两个晚上，尖形的花打开，有四片很薄的白花瓣，其中一瓣争不过兄弟姐妹，萎缩地成为细细的一条，不仔细看是觉察不到的。

花瓣中间有花心，带着黄色的花粉，整朵花发出微弱的香味，但是那么多朵一起开着，全间房子都给她们的芬芳熏满了。

在把茎削开时，花贩也会把花托中间那一朵拔掉，他们说这么一来其他的花才会开得快，不知道是什么道理，总之是祖先传下来的智慧，错不了。有时，买了一束插上，花开得很慢，像我这次只在澳门过一个晚上，早上买的，如果当晚不开，就白费工夫。花贩教我，拿回去后浸一浸水，就能即开。照做，果然如此，又上了一课。人生要学的，太多。

有个好榜样，脚踏实地地做人

本来在九龙城侯王道上的“张贵记”，一家数口经营，老父无心做，就将它解散了。曾主掌此店的大家姐，数月前在街市内开了一个小档口，继续卖花卖菜，起名为“明园”。

一般菜摊，连名字招牌都没有，“明园”有一个 LOGO，画着一个蹲着种花的农夫，背景一个太阳，代表日出而作。街市左边那个门口也摆了些小植物，指示客人到 6279—281 档购买，非常专业。

什么人设计的呢？原来是大家姐的女儿。她在中文大学音乐系毕业，每天早上来这里，哼着粤曲小调，人们每次见到她都是开开心心的。

“大学生，不怕人家笑你卖菜？”我从她小看到大，放肆一点也不要紧。

“帮妈妈做事，光明正大。”她笑着说。有时。也看到一两个年轻小伙当她的助理，多是学校同学和对音乐有共同爱好的人。

各种新鲜的蔬菜上，都插着一块小牌子，用中、英、菲律宾语三种文字标明菜名，像龙须菜叫 Talbos Ng Sayote，而辣椒菜则是 Talbos Ng Siu，从文字推测，Talbos 应该是苗或小菜的意思，Ng 则当然是英文的 of 了，Sayote 是豆，Siu 是辣椒。

“哪里学来的？”我问。

“她们来买菜时问的。”她回答。

通菜写的是 Hong Kong，这是马来话，我也懂，马来语和印尼语相同，印尼家政助理看得也亲切，而菲律宾人也叫通菜为 Hong Kong。

“明园”在沙田小沥源花心坑大种花木，做批发生意，又替住家花园和学校做园艺工程，大家姐每天到九龙城街市，最重要的是打发时间，她几个妹妹也在这里开其他档口，家人可以相聚，饮饮茶。

这一辈的人，儿女都知父母之辛勤，有个好榜样，脚踏实地地做人，摊档一忙，需要人手，都来了。办完了事，轻轻松松，玩电动游戏机，唱喜欢的流行歌，看见了打从心中喜欢。

太花心了，变成了没有个性

很多旅游点的资源，政府都不会去发展，九龙太子道上的花墟，是其中之一。

大小花店、盆栽、插花用具都齐全，在那里，你可以买到所有与花有关的商品，还有一间小店，卖各种草药，走路鸡鸡蛋和本地泥土种出的香蕉，也很特别。

再走过去一点，就是鸟市场。黎明，这里是金鱼贩卖的集中地。

停泊在路旁的货车，载着大量的姜花，那阵幽香，是清新的。不然也有大批的剑兰出售。一向认为剑兰才是代表香港的花，充满怀旧色彩，带人到另一时空。

来花墟的人，总有一份文化气息。朋友和我都赞同，爱花之人，好人居多。

多少女孩子，都曾经做过开花店的梦。诗歌小说电影之内，花店的女主人，都是漂亮的、好静的、文雅的。

在墨尔本生活时，就认识过一位现实中的花店女主人，她每天清晨老远地跑去批发市场入货，推着辆大人力车，一点也不觉辛苦。

“你是什么时候开始想卖花的？哪来的勇气？”我问。

她笑了：“爱花，爱到执着时。”

道理就是那么简单，和爱一个人一样，你会牺牲一切。

失败了呢？“失败再说吧，至少你可以说已经尝试过。”她说。

看准了一个目的，成功率较大。比方说你爱牡丹，就专门研究牡丹，成为专家，卖得出色。别人一想起牡丹，就想起你的店。花墟里，有很多家专卖兰花的，都站得很稳。

太花心了，变成没有个性。杂不弄通，什么都卖的店，你不会记得。

恋爱，也不是一样吗？人活着，有了恋爱，对方不一定是人，花也行。

相信他是想看到你快乐的

在从前的地方有位同事，整天黑着张脸，大家都以为他觉得天下的人都得罪了他。

但此君一出主意，必然突出，令我们不得不折服。做了朋友之后，才知道那黑脸是因为肝病造成的。

如果说是乱吃东西而染到，那是该死，谁叫他嘴馋？不过事实并非这样，等到他发现家里的人也一个个是黑脸神，才晓得那是遗传性的病，本人是无辜的。

他的才华，令一位远方来的女人爱上了他。这女的我也见过，人长得漂亮，周围的人都说有谁不好找，为什么一定要和这个黑脸的人在一起？但我们明白，黑脸神是有一份魅力的，尤其是当他笑的时候，露出那洁白的牙齿。

病痛的折磨之下，黑脸神的工作量逐渐减少，他的肝病影响到肾。开了几次刀，这个女子不离不弃，一直照顾着他，还向他提出了结婚的建议。

两人在一起的时间也维持了很多年，时好时坏的他，邻居们说常听到他们屋子里的笑声。

“黑脸神怎么啦？”我们这些朋友一见面，都问过他的近况。

其中一个回答：“从肝到肾，肾又回到肝了。太太还是跟他相依相偎，得闲的时候，除照顾先生，还跑去当义工呢。”

我们对这女子又佩服不已。

“黑脸神死了。”一天，朋友相告。

“太太呢？”

“两年前，已经离了婚。”

“什么？”我们愕然，“不可能的呀。”

“你知道啦，黑脸神发起脾气来，也不是人人忍受得了的。”

依我的推测，是黑脸神知道日子无多，把太太给气走的。安息吧，黑脸神！微笑吧，黑脸神太太！别为这件事太过难过，我相信他是想看到你快乐的。

做朋友，给骂几句不要紧

有天，和友人谈起黄霑。

“他常三更半夜跑到我家里来，除了聊天喝酒，你知道他喜欢干些什么？”

“不知道。”友人说。

“他喜欢借我的冲凉房洗澡。”

“经你这么一提，我也想起。”友人说，“他来我家，也问说：‘可以不可以借借你的冲凉房？’当年我和他不是很熟，一下子就回答：‘当然可以啦。’想不到他老兄真的大剌剌地跑了进去，一冲冲了接近一个钟。”

“有时候夏天来，洗完澡围着毛巾，光秃秃跑了出来，你知道，黄霑是不爱穿内裤的。”这个老友有这铺瘾，真是怪到极点。

“后来来了几次，都有同样要求。”友人回忆说。

“我不知道他到了查先生的家，敢不敢那么

放肆？”

“大概不敢吧？”

“他吃过东西，喝完酒，洗了澡，拼命道歉，说了几十声对不起，无以为报，免费替我写一首歌词。”

“他写了吗？他没向我说过这种话，连谢谢也不出一声，但是答应了你有什么用，口说无凭呀。”

“他倒是真的有诚意的，每次都写一张证明书给我，说一定实现。”

“你有多少张？”友人问。

“一叠。”我又笑了起来。

友人也笑了：“真是一个活宝。”

“林燕妮写过，黄霑真正的老友是顾家辉，唯一一个没挑过一句刺的人。其他酒肉朋友，让他骂得叶落，她说她知道的。那么，我们全被他骂了。这点，我倒不在乎，做朋友，给他骂几句，不要紧。”我说。

友人豁达：“我也不当成是一回事，现在还能骂的话，更好。”

交友之道，在于原谅对方

我们年轻的时候，疾恶如仇。

这当然是青年人最大的好处，他们天真，不受世俗污染，喜欢就喜欢，讨厌就讨厌，没有中间路线。年纪渐大，好与坏模糊了许多，这也不是短处，只是人生另一个阶段。

初到社会，同事间有一些看不顺眼的，即刻非置对方于死地不可。有的讲你几句，马上想诛他家九族，年轻人有的是花不尽的爱与恨，很可惜的是恨比爱多。

年纪大的人，一切已经历过，抓紧了年轻人的弱点，加以利用，先甜言蜜语把他们骗个高高兴兴，再加几句赞美使他们飘飘然，把他们肚中的东西完全挖出来，用它们当成利刃，一刀刀往背后插进去，年轻人毫无招架余地，死了还不知是谁害的。

别骂人老奸巨猾，因为你也有老的一天。奸

与不奸，那是角度的问题。自己老了，就认为自己不奸了。就算不奸，在年轻人眼中，你还是奸的。

洋人常说做人要像红酒，愈老愈醇，道理简单，做起来不易。

年轻人逐渐变成中年人，又踏入老年，疾恶如仇的特性慢慢冲淡，但也变不成好酒，有些人总是以为世上的人都欠他们的，所以变成了醋。

老的好处是学习到什么叫宽容，自己错过，就能原谅别人，但有些人偏偏认为自己永远是对的，不断地对别人加以评判，要对方永不超生。他们不知道，恨别人也是痛苦事。

交友之道，在于原谅对方。记那么多仇干什么？想到他们的好处，好过记他们的缺点，这是“阿妈是女人”的道理，大家都知道，但很多人就是做不到。能原谅人，是天生的，由遗传基因决定，无法改变。我能原谅人，是父母赐给我的福分，很感谢他们。

辑二

乐观的人，运气好

活得有趣，才能活得精彩

《香港剩女飙升，三个女人一个独身》。

报纸上的大标题。

这我一点兴趣也没有，不嫁嘛，又不会死人。

会死人的，是接着报告的香港人口持续老化。六十五岁以上港人，将由二〇〇九年约十三个巴仙（巴仙：香港人习惯用语，意为百分比），增至二〇三九年的二十八个巴仙。四分之一以上的人口是老人。

死亡人数按比例，会增加到每年八万零七百个。

那么多人离去，不关你事吗？那是迟早的问题，我们总得走。但是怎么一个走法？没有人敢去提起。中国人，对死的禁忌，是根深蒂固的。

避得些什么呢？反正要来，总得准备一下吧，尤其是我们这群被青年人认为是七老八十的，虽然，我们的心境还是比他们年轻。

勇敢面对吧。死，也要死得有尊严；死，也

要死得美丽。

轮到你决定吗？有人问。

的确如此，但是，凡事都有计划，现在开始讨论，也是乐事。

首先，对死下一个定义：“死不是人生的终结，是生涯的一个完成。”

我们在落幕前要怎么向大家鞠个躬退去呢？最好是照着自己的意思去做，需要一点知识和准备。

最有勇气的死，就是视死如归，说到这个“归”字，当然是回到家里去死才安乐。

但事不如愿，根据一项调查，最后因病死在医院里的人还是占大多数。

为什么要在医院？当然想延长生命呀。但是已经到了尾声，决定自己什么时候走，不是更好吗？家人一定反对，反对个鸟。不爆粗口都不行，我的命不是你们的命，你们有什么权力来反对？

友人牟敦沛说过：“我一生做的最后悔的一件事，就是反对医生替我爸爸终结生命。”

这句话，家人一定要深深反省。

尤其是对患了末期癌症的人，受那不堪的痛苦折磨，家人还不许医生打麻醉针，说什么会中毒，反正要死了，还怕什么中不中毒？

如果你问十个人，相信九个人是不愿意在医院死去的，但是，他们还是留在了医院，他们也顾虑到家人的感受，不想给大家增加麻烦，但这绝对不是他们自己所要的。

我劝这种人不必想太多，要在家里终老就在家里终老，反正这个家是你的家，你想怎么样做，也没人可以反对，而且可以省掉他们整天跑到医院来看你的麻烦。

虽然说医院有种种设施，但那是救命用的，你不想被救，最新最贵的仪器又有什么用？

在家静养，请个护士，所花的钱也不会比住医院的病房贵呀。找个相熟的医生，请他替你开止痛药、医疗麻醉品等，教教家人怎么定时服食和打针，也不是什么难事。

但是，孤单老人又怎么办？有一条件，就是得花钱。反正是带不走的，这个时候不花，等什么时候花？护士还是要请的，这笔钱，要在能赚时存下来，所以说死也得准备，千万不能等。

香港人多数有点储蓄，买些保险留给后人，大家想起老人可能会早走，也可以省下一点，也就让你花吧。

在痛苦时，最好能以吗啡镇静。从前，吗啡被认为怪兽，说什么服了会精神错乱，愈吃愈无助，最后变成不可控制的凶手。

但这都是早期医生的临床实验不够，恐怕有副作用，没有必要时不打针。当今世事已证明，药下得恰当，根本就比吸毒者自己乱服安全得多。

有些人讨厌打针或喝药，也有膏贴的吗啡剂可用，总之不会是愈用愈没劲，不必担心。

我最喜欢的一部电影，叫《老豆坚过美利坚》，名字译得极坏，其实是一部怎么面对死亡的片子，得过最佳外国影片金像奖，讲的是一个老头子得了癌症，离开他多年的儿子来看他，一看父亲被一群老朋友围着谈笑风生，又拼命吃护士的“豆腐”。

儿子问老子能做些什么，老子说最好替我找些毒品来服服，儿子被吓呆了，后来才发现父亲的乐天个性，并了解人生最终的路途，完成了父亲的愿望。

这些被一般人认为最野蛮的思想，是最先进开明的，片子的原名叫《野蛮人的侵略》，其实就是这群快乐的人。

最坏的打算，已安排好。万一侥幸能够活到油尽灯枯，那就最为幸福，我母亲就是那样走的。也许，可以像弘一法师一样，回到寺庙，逐渐断食，走前写了“悲欣交集”四字后，一笑归西。

葬礼可以免了，让人一起悲哀，何必呢？死人脸更别化妆给人看，那些钱，死前花吧。开一个大派对，请大家吃一顿好的，有什么好话当面听听，才是过瘾，派对完毕，就跟着谢幕好了。

骨灰撒在维多利亚海港，每晚看到灿烂的夜景，更是妙不可言，你说是吗？

无聊，是年轻人的绝症

听到一些消息，见到本人，就问道："有人说你已经离婚，还大肆庆祝，是不是真的？"

"没有结，何来离？"她反问。

"大家都以为你们是正式夫妻。"

"没错，这消息是我放出去的，出来工作的女人，有了婚姻，谈生意时对方会更尊重一些，所以找到了那个男的之后，就向人说我结了婚。"

"那你不是真心爱他的？"

"真心，真的真心。我爱他。"

"那干什么分手？"

"在一起之后，我发觉他完全变为另一个人。我是和那个变的人分手，我爱的仍旧是我刚认识的那个人。当时我宣布结婚，就等于嫁给了他。不过，我认为不必去办那些烦死人的手续而已。"

"你说服得了那个男的？"

"大家都是年轻人，大家都相信爱情的伟大。

情到浓时，说什么都好。”

“你现在才几岁，怎么说话那么老气横秋？”我批评。

“不是老气横秋，是现实。”

“你不怕人家在背后说你是一个离过婚的女人吗？”

“怕呀，但是正式结过婚后离开对方，和没有结婚而分手，根本就是同一样的事，怕也怕不了那么许多了。”

有没有一份伤感？

“伤感只是和拍拖时分开一样，并没有失婚女人那么严重。虽说只是一张纸，不过那张纸不轻呀，我现在放松得多了，以后要是找到一个合适的，再正式办手续也不迟。他也会认为我没结过婚，对我看重一点。男人和婚姻一样，都是那么无聊的。”

可爱的宠物，让人开心每一天

生活水准提高，大都市的人开始有余裕送花，花店开得通街皆是。

跟着来的流行玩意儿便是宠物！

猫狗的确惹人欢喜，深一层研究，也许是城市人都寂寞吧。

狗听话，养狗的主人多数和狗的个性有点接近：顺从、温和、合群。

我对狗没有什么好印象。小时候家里养的长毛狗，有一天发起癫来，咬了我奶妈一口。从此我就讨厌狗，唯一能接受的是《花生漫画》里的史诺比，它已经不是一条狗，是位多年的好友。

在邵氏工作的年代，宿舍对面住的傅声爱养斗牛犬（Bull Terrier），真的没有看过比它们更难看的东西。

另外一位女明星爱养北京狮子狗，它们的脸

又扁又平，下颌的牙齿突出，哪像狮子？为什么要美名为“狮子狗”？

旺角太平道上有家动物诊所，走过时看见女主人面色忧郁，心情沉重地抱着北京狗待诊，我心想：要是你的父母亲患病，你是否同样担心？

楼下有个西人在庭院中养了一只狼狗，它日也吠夜也吠，而且叫声一点也不雄壮，见鬼般地哀鸣。有一晚我实在忍不住，用气枪瞄准它的屁股开了一枪，它大叫三声，从此没那么吵了。

在巴黎、巴塞罗那散步，满街都是狗屎。但是，有时看到一个老人牵着一条狗的背影，也就了解和原谅它们的污秽。

“你再也不讨厌狗了吧？”朋友问，“它们到底是人类最好的朋友。”

我摇摇头：“还是讨厌，爱的，只是黑白威士忌招牌上的那两只。”

猫倒是可爱的。

主要是它们独立自由奔放的个性。

猫不大理睬它们的主人，好像主人是它养的。

回到家里，猫不像狗那样摇头摆尾前来欢迎。叫猫前来，它走开。等到放弃命令，它却走过来依偎在脚边，表示知道你的存在，即刻心软，爱得它要生要死。

猫瞪大了眼睛看你，仔细观察它的瞳孔，千变万化，令人想大叫：“你想些什么？你想些什么？”

在拍一部猫的电影的过程中，和猫混得很熟，有时猫闷了，找我玩，我就抓着它的脚，用支铅笔的橡胶擦头轻轻地敲着它的脚板底，很奇怪的，它的脚趾便慢慢张开五趾上粉红色的肉，打开之后，像一朵梅花。

要叫猫演戏是天下最难的事。

逐渐发现猫喜欢吃一种用药菜种子磨出来的粉，在日本有出售，叫“Mata-Tabi”，猫吃后像是醉酒，又像抽了大麻，飘飘欲仙。

拍完一个镜头，给猫吃一点当为报酬，但不能给它们多吃，多吃会上瘾。

不过我还是不赞成养猫狗。

并非我不爱，只觉得不公平，猫狗与人类的寿命差别太远，我们一旦付出感情，它们比我们早死总是悲哀得不能自已，我不想再有这种经验。

小孩子养宠物，增加他们的爱心，是件好事，但一定要清清楚楚地告诉他们，教他们认识死亡，否则他们的心灵受的损伤难以弥补。

如果一定要养宠物的话，就养乌龟。

乌龟比人长命。

倪匡从前在金鱼档里买了一对巴西乌龟，像两个铜板，以为巴西种不会长大，养了几十年，竟成手掌般大小，而且尾部还长着长长的绿毛。

移民之前，倪匡把家里所有东西打包，货运寄出，看见这两只乌龟，不知怎么办才好。

“照道理，把它们放在手提行李包里，坐十几个小时飞机，也不会死的。”他说，“但是移民局查到就麻烦，而且万一乌龟有什么三长两短，心里也不好过。”

我们打趣：“不如用淮山杞子把它们炖了，最好加几条冬虫草。”

倪匡走进房间找了把武士刀要来斩人。

我们笑着避开。

最后决定，由儿子倪震收留。

“每天要用鲜虾喂它们。”倪匡叮咛。

“冷冻的行不行？”倪震问。

“你这衰仔，几两虾又要多少钱？它们又能吃得了多少？”

倪匡说完，又回房找武士刀。

倪震落荒而逃。

活着，就要做有意义的事

城市有计划地种树，一排排植成林，煞是好看。香港也曾经受过这种洗礼，但只限于一小部分，像太子道上的鱼木。

红棉道上应该有很多木棉吧？已被砍光，现在剩下的只有零星数株。弥敦道上，尖沙咀美丽华酒店附近的那一段，还是有很多棵大榕树，家父最为欣赏，第一次来香港看了就觉得这个城市有文化。

当年他是乘船自大陆来香港，邮轮在维多利亚港口沉没，弄得要游水上岸，身上一切尽失。他已不记得那艘船叫什么名字，想查一查，但我为生活奔波，没空去做，即使现在找出来，老人家已过世，迟了。

如果让家父了了这个心愿，那么我做人，至少可以说曾经做过一件有意义的事。

什么是有意义的事呢？种树可也。

香港这个名字，懂得汉字的人当然知道它的意思，一被洋人问道：“Hong Kong？ What does it mean？”的时候，我们照字面翻译的答案，对方听了一定哈哈大笑。

把这个被污染的港口变香，并不可能。再花多少人力物力，洋海已不能清澈。不但香港，全世界大都市的海都是如此。

但是在香港散步，处处闻到花的味道，留下深刻印象，倒是做得到的，就算不能全年发香，但是至少有个一个月时间，也就够了。

让我们尽量去种白兰吧！这种树可以长得数十尺高，整棵开满又长又尖的白花，香得不得了，我们的气候也最适宜种这种花。

这种事最好让政府去做，数十年政坛上的功绩，在历史上并不重要，但是享受过那阵芬芳的后人，认为香港的确是名副其实香的事实，是无人能够抹杀的，何乐不为？政府不做，商人也行，总比留名在一个小小的学校有意义得多。

我们这辈人最幸福的事

“我们这一辈的人真幸福，看到柏林围墙被拆烂。”友人说。

其实任何苛政，从历史来看，不过是短暂的一刻，都要倒下的。我没反对他的看法，但是对我们这辈子，有另一个角度观察。

一百多年前发明了电话，故事中的顺风耳实现了。记得小时讲长途时，还要大声喊。当今的手机，是古人在童话中也创造不出的奇迹，我们人人有一个，而且有的还可以看到对方的尊容，带来了方便和不方便。

对我们这些写作人，传真机的发明是恩典，写完稿一按钮就发出去，羡慕死乘的士过海交稿给报馆的老作家。当今有些作者更在计算机上输入中文直接传送，但我们这种老顽固还坚持手写，不是学得会学不会仓颉（输入法）的问题，只是不肯去学罢了。

更令电影迷高兴的是把那十卷又厚又大的菲林缩成手掌般大的DVD，家中是一个电影院，得到无比的欢乐。

这些都是历史上人类从来都享受不到的小小例子，我们得到的多，失去的也不少，像新鲜的空气，没有农药的蔬菜，不经养殖的甜美的鱼虾，等等等等。

我们这一辈的人最得益的事，应该是无穷的智识泉源，那就是计算机中的数据库了。任何事物，一经搜索出现了数不清的情报，要看什么书有什么，所有的问题都得到了答案。全世界的博物馆在家中都能看遍，一切是手指间的距离。

至于下一辈的人什么最幸福？

九月一日开学那天，遇到街上的学童。背着沉重的书包，愁眉苦脸。这证明天下的教育制度完全失败，有哪一个老师聪明过计算机呢？

有一天如果那个鬼制度被打破，儿童到学校去只是认识新朋友，大家一起唱歌游戏，那才是他们真正的幸福。

等到你成熟时，就会起变化

小朋友问我："我总不能填满那四百字的稿纸，不是太长，就是太短，怎么办？"

"这样吧。"我回答，"不如把那四百字分为四个部分，一个部分一百字。"

"你是不是开我的玩笑？"小朋友恼了。

"不，不，我是正经的。"我说，"文章结构，总有起、承、转、合，刚好是四段。"

"那不是太过刻板吗？"小朋友不服气。

"基本训练，总是刻板，所有基础，没有一样是有趣的。等到你成熟时，就会起变化。"

"怎样的变化？"

"起、承、转、合。"我说，"可以变成合、转、承、起。或者任何一个秩序都行，只要言之有物。"

小朋友说："我明白了。如果将'转'放在最后，就变成了一个意外结局（surprise ending），等于你常说的棺材钉。"

“你真聪明，一点就会。”我赞许。

“那么每一段不必是一百字也行？”小朋友还想确定一下。

“那是打个比喻。”我说，“先解决你写得太长或太短的疑问。”

“但是有时还患这毛病呀！”小朋友说。

“那么，你宁愿写长一点。修改时，左删右删，文字更是简洁。”

“有时不知道要写些什么才好。”

“我也是一样呀。”我说，“所以要不停地观察人生，不断地把主题储藏起来。”

“有了主题有时也写不出呀！”

“那么你先要坐下来，坐到你写得出为止。这也是一种基本功，最枯燥了。写呀写呀，神来之笔就会出现。”我说。

小朋友不太相信，露出像我开始写的时候，不太相信前辈所讲的表情，我笑了。

一世到底有多长

说什么，也是筷子比较刀叉和平得多。

我对筷子的记忆是在家父好友许统道先生的家开始的。自家开饭用的是普通筷子，没有印象，统道叔家用的是很长的黑筷子。

用久了，筷子上截的四方边上磨得发出紫颜色来。问爸爸："为什么统道叔家的筷子那么重？"

父亲回答："用紫檀做的。"

什么叫紫檀？当年不知道，现在才懂得贵重。紫檀木钉子都钉不进去，做成筷子一定要又锯又磨，工夫不少。

"为什么要用紫檀？"我又问。

父亲回答："可以用一世人用不坏呀！"

统道叔已逝世多年，老家尚存。是的，统道叔的想法很古老，任何东西都想永远地用下去，就算自己先走。

不但用东西古老，家中规矩也古老。吃饭时，大人和小孩虽可一桌，但都是男的，女人要等我们吃完才可以坐下，十分严格。

没有人问过为什么，大家接纳了，便相处无事。

统道叔爱书如命，读书人思想应该开通才是，但他受的教育限于中文，就算看过“五四运动”之后的文章，看法还是和现代美国人有一段距离。

我们家的饭桌没有老规矩，但保留家庭会议的传统。什么事都在吃饭时发表意见，心情不好，有权缺席。争执也不剧烈，限于互相的笑。自十六岁时离开，除后来父亲的生日，我很少一家人同一桌吃饭了。

说回筷子，还记得追问：“为什么要用一世人，一世人有多久？”

父亲慈祥地说：“说久也很久，说快的话，像是昨天晚上的事。”

我现在明白。

努力向前，必有收获

这一个《名采》版，作者们时常开天窗，有些资深的写作人，因为公事要请假，也无可厚非，但是这对代他们写的人很不公平。

“你要是写得好，编辑就会请你了，何必替人家写？”读者们都有这个疑问。

其实交替者的文笔都不错。我认为要是有人开天窗的话，那就不是一个人来写，而是大家写。

很多想成为专栏作家的人，一直抱怨说没有地盘，这不就是机会吗？文章精彩与否，一篇见效，主要看可读性高与不高。

甚至想到专栏版上应该有一个永久的空位，像贴大字报的墙，让跃跃欲试的人发表他们的文章。

虽说中文水准低落，但每一个时代总会出现一些杰出的写作人。我父亲那一辈，看我们的文字总是摇头轻叹，但也阻止不了亦舒、李碧华等人的冒头呀。

相信的不是一代不如一代，而是青出于蓝，这才是正确与乐观的态度。

新的写作人去哪里找？大把！在我那几篇《病中记趣》刊登后大批慰问电邮之中，已看到有许多内容有趣、文字生动的来信，他们都是有希望成为专栏作者的人才。

凡事一求代价，层次必低。尽量写好了，抱怨没地方发言而停笔，就永远停下来。当成记日记不就行吗？

一时的光辉并不代表可以一直坚持得下去，专栏难在保持水准。什么叫水准？热爱生命，就是水准了吗？

不停地写，别虚伪，仔细观察人生百态，题材多得不得了。千万不要以“说得容易做时难”为借口，从今天开始你就把自己的想法记录下来，这是达到愿望的第一步。记得区乐民做学生的时候，我也曾经这么鼓励过他。

乐观的人，运气好

坐上的士，阵阵香味传来。

“怎么你的姜花没枝没叶，是一整扎的？”我看到冷气口挂的花。

“哦，”司机大佬说，“我住在荃湾，那边的花档把卖不出去的姜花折了下来，反正要扔掉，不如用锡纸包好，才两三块钱一束。卖的人高兴，买的人也高兴。”

又看到车头有些小摆设：“车是你自己的，所以照顾得那么好？”

“刚刚供的。”司机说，“从前租车的时候，我也照样摆花摆公仔。”

“要供多久？”

“十六年。”他并不觉得很长。

“生意差了，有没有影响？”言下之意，是做得够不够付分期。

“努力一点，”他说，“怎么样也足够，总之不会饿死。”

“你很乐观。”我说，“近年来一坐上的士，都是怨声载道。”

“不是乐不乐观，”他说，“总得活下去，怨也活下去，不怨也活下去，不如不怨的好。怨多了，人快老。”

“你不是的士司机，是哲学家。”我笑了，看到车头有个小观音像，又问，“你信观音，所以看得那么开？”

“一个乘客丢在车上，我捡到了就用胶水把它粘在这，我不是信教，我只是觉得好看，没有其他原因。”

“你们这一行的，大家都说客人少了很多。”我说。

“很奇怪，”他说，“我不觉得，大概想通了，运气跟着好，像我载你之前，刚接了一单，客人一下车，即刻有生意做。”运气好也不会好到这么厉害吧？到家。我付了钱，邻居走出大门，截住，上了他的车。

我的乐观是天生的

记者：我看金庸先生写过一篇文章，说最喜欢跟你一起去玩。

蔡澜：我们很合得来，他很看得起我！我们刚刚从柬埔寨回来，去了一趟吴哥窟。

记者：你跟金庸先生交往多年，对他的印象如何？

蔡澜：他是我最敬佩的人，因为那时候看他的小说，看得入迷了。我最近又在翻看，很好看，写得很精彩。

记者：作品之外，他在生活中是一个什么样的人？

蔡澜：他睡得很晚，早上也很迟起床，然后就看书，看很多很多书，我看看书看得最多的人就是他了。他看了也能记下来，记下来可以写出来，这个让我很佩服。

记者：那倪匡呢，你写了他那么多趣事。

蔡澜：他脑筋很灵活，想的东西很稀奇古怪。

记者：他现在旧金山的生活怎么样？

蔡澜：想什么时候起床就什么时候起床，想什么时候吃饭就什么时候吃饭，根本就没有什么规定，逍遥自在。

记者：黄霑又是什么样的人呢？

蔡澜：黄霑在音乐上的才华是不可否认的，对音乐的认识也非常有趣。

记者：你、倪匡、黄霑三人曾主持轰动全港的电视清谈节目《今夜不设防》，当时情况是怎么样的？

蔡澜：那时候，倪匡爱上了一个夜总会的妈妈桑，就常常请我们到夜总会去，叫所有的女人都来了。结果我们三个人一直讲话，那些女的就一直笑，变成我们在娱乐她们。我们说既然要花这个钱，让那么多人笑，不如就把它搬去电视台谈同样的东西嘛。那就做了这个节目，话题没有限制，什么都讲，大多是比较好笑的吧。

记者：美食、电影、旅游、友情等人生经历，你都写到书里去了，这些东西你写到最后，对人生的总体看法是什么？

蔡澜：乐观对自己很好，但我的乐观是天生的。我们跟整个宇宙相比，只是短短几十年，一刹那的事情，希望自己快乐一点，我在很年轻的时候就懂得这个道理，就一直往快乐这个方面去追求。很多大学做了很多研究，全世界的结论是：最好的人生就是尽量地吃吃喝喝。

被背叛也管不了，看开点吧

在九龙城遇到一个人。

“我每天看你的专栏。”他说。

“谢谢捧场。”这是我一贯的回答。

“我有一个要求。”他说。

“讲讲看。”

“我有一个儿子在新加坡，我想去新加坡找事做，你可不可以帮我介绍一份工作？”

“什么工作？”我问。

“什么都好。我看到林振强写你曾经说过在新加坡有什么事可以找你。”他说。

“你有什么专长？”我问。

这个人想了老半天想不出。

“你以前做过什么？”我又问。

“做过旅馆经理。”他终于想到。

“买一份新加坡报纸，找这一行的征聘广告，打电话去问。”

“我这个年纪，没人会要。”他说。

看样子，最多也不过是五十。

他接着说：“你说试过，是五十五十，不试等于零。所以我试试看你能不能向你的朋友推荐我。”

“对不起，做不到。”我回答后，因为赶时间，走了。是的，我的确说过尝试才有成功的机会，但是在他的例子，要尝试的是联络应征，不是向我求救。

对林振强伸出手，是因为他是一个才华横溢的人，虽然初次见面，但他以往的成绩有目共睹。

这个人的背景我一点资料都没有，怎么推荐？人品不好的话，不是害死对方吗？从前我不会这么想，可是发生过的坏例子太多了——我帮助过的人，感谢也不说一句不打紧，还时常在背后插我一刀。现在老了，比较谨慎而已。

说是这么说，但是先相信人的个性，我想这辈子还是改不了的，今后被背叛的情形还是会继续发生，也管不了，反正次数只有减少，不会增多，看开点吧。

抱怨，只当成一种娱乐

好友俞志钢先生，旧香港出版社名人之一，当今移民加拿大，回来时带来一些老书赠我阅读，看到那发黄的封面，一闻之下，竟然是有书香这一回事。

其中一册叫《书闲》，为郁达夫所作，良友文学丛书出版，封面后面画着一个播种子的人，见到了特别亲切。

此书在一九三六年初版，一九四一年再版，是部散文集，中间也录了《梅雨》《秋霖》《冬余》《闽游》《浓春》等日记。

看当年文人日记，有一共同点，那就是时常记载给蚊子咬。郁达夫的，写得最多是喝醉了酒。那年代电话通讯不十分发达，客人上门造访，多是不预先通知的，郁达夫为了应酬他们，连稿件也没时间写，从他的记载中，看得出他是一个很好客的人，有时约去吃饭，也可以连跑两局。

因为他的文章在福建的报纸发表，到了福州，到访的人更多，他在日记上说：昨晚睡后，尚有人来，谈至十二点方去；几日来睡眠不足，会客多至百人以上，头脑昏倦，身体也觉得有点支持不住。

郁达夫当年有如明星，去演讲中国新文学的展望，来听的男女，约有千余人，挤得讲堂上水泄不通。讲足一小时，下台后，来求写字签名者众多，应付至晚上始毕云云。

对于天气酷热，郁达夫的状态是“什么事情也不能做，只僵卧在阴处喘息”。我们这种夏天能吹冷气（享受空调）的写作人，是多么幸福！

当作家的痛苦，郁达夫是深知的，常说拼命想写，但不成一字。又整天想戒烟戒酒，也不成。每感到没落的悲哀，想振作一点，以求挽回颓势，做不到也。不过作家就是这样的，到最后，一本一本的书，还是照样出版。抱怨，只当成一种娱乐。

大吃大喝也是对生命尊重

作家亦舒在专栏感叹："莫再等待明年。明年外形、心情、环境可能都不一样，不如今年。那么还有今天，为什么不叫几个人大吃大喝、吹牛搞笑，今天非常重要。"

举手举脚地赞成。

旁观者不拍手，反而骂道："大吃大喝？年轻人有什么条件大吃大喝？你根本就不知道钱难赚，怎么可以乱花？"

花完了才做打算，才是年轻呀。骂我这个人，没年轻过。

年轻时挨苦，是必经的路程。要是他们的父母给钱，得到的欢乐是不一样的，我见过很多青年，都不肯靠家。

我想，能出人头地的，都要在年轻时有苦行僧的经历，所得到的，才能珍惜。对于人生，才更能享受。

所谓的享受，并非荣华富贵，有些人能把儿女抚养长大，已是成绩，有些人种花养鱼，已是收获。

今天过得比昨天快乐，才是亦舒所讲的重要。而这种快乐并非不劳而获，这是原则。

当然有些人认为年纪一大把，做人没有什么成就，但这只是一种想法，是和别人比较的结果。就算比较，比不足，什么问题都能解决。

大吃大喝并不必花太多的钱，年轻时大家分摊也不难为情。或许今天我身上没有，由你先付，明日我来请。路边档熟食中心的食物，不逊于大酒店的餐厅，大家付得起。

亦舒有时也骂我，一点储蓄也没有，把钱请客花光为止。这我也接受，只想告诉她我并不穷，也有储蓄，是精神上的储蓄。我的储蓄，老来脑中有大量回忆挥霍。

活着，大吃大喝也是对生命的一种尊重，可以吃得不奢侈。银行中多一个零和少一个零，根本上和几个人大吃大喝无关。

吃，也是一种学问

有个聚会要我去演讲，指定要一篇讲义，主题说吃。我一向没有稿就上台，正感麻烦。后来想想，也好，作一篇，今后再有人邀请就把稿交上，由旁人去念。

女士们、先生们：吃是一种很个人化的行为。什么东西最好吃？妈妈的菜最好吃。这是肯定的。你从小吃过什么，这个印象就深深地烙在你脑里，永远是最好的，也永远是找不回来的。

老家前面有棵树，好大。长大了再回去看，不是那么高嘛，道理是一样的。当然，目前的食物已是人工培养，也有关系。怎么难吃也好，东方人去外国旅行，西餐一个礼拜吃下来，也想去一间蹩脚的中菜厅吃碗白饭。洋人来到我们这里，每天鲍参翅肚，最后还是发现他们躲在快餐店啃面包。

有时，我们吃的不是食物，是一种习惯，也

是一种乡愁。一个人懂不懂得吃，也是天生的。遗传基因决定了他们对吃没有什么兴趣的话，那么一切只是养活他们的饲料。我见过一对夫妇，每天以即食面维生。

喜欢吃东西的人，基本上都有一种好奇心。什么都想试试看，慢慢地就变成一个懂得欣赏食物的人。对食物的喜恶大家都不一样，但是不想吃的东西你试过了没有？好吃，不好吃？试过了之后才有资格判断。没吃过你怎知道不好吃？吃，也是一种学问。这句话太辣，说了，很抽象。爱看书的人，除了《三国》《水浒》和《红楼梦》，也会接触希腊的神话、拜伦的诗、莎士比亚的戏剧。

我们喜欢吃东西的人，当然也须尝遍亚洲、欧洲和非洲的佳肴。吃的文化，是交朋友最好的武器。你和宁波人谈起蟹糊、黄泥螺、臭冬瓜，他们大为兴奋。你和海外的香港人讲到云吞面，他们一定知道哪一档最好吃。你和台湾人的话题，也离不开蚵仔面线、卤肉饭和贡丸。一提起火腿，西班牙人双手握指，放在嘴边深吻一下，大声叫出：mmmmm。

顺德人最爱谈吃了。你和他们一聊，不管天南地北，都扯到食物上面，说什么他们妈妈做的鱼皮饺天下最好。政府派了一个干部到顺德去，顺德人和他讲吃，他一提政治，顺德人又说鱼皮饺，最后干部也变成了老饕。

全世界的东西都给你尝遍了，哪一种最好吃？笑话。怎么尝得遍？看地图，那么多的小镇，再做三辈子的人也没办法走完。有些菜名，听都没听过。对于这种问题，我多数回答："和女朋友吃的东西最好吃。"

的确，伴侣很重要，心情也影响一切，身体状况更能决定眼前的美食吞不吞得下去。和女朋友吃的最好，绝对不是敷衍。谈到吃，离不开喝。喝，同样是很个人化的。北方人所好的白酒，二锅头、五粮液之类，那股味道，喝了藏在身体中久久不散。他们说什么白兰地、威士忌都比不上，我就最怕了。洋人爱的餐酒我只懂得一点皮毛，反正好与坏，凭自己的感觉，绝对别去扮专家。一扮，迟早露出马脚。成龙就是喜欢拿名牌酒瓶装劣酒骗人。

应该是绍兴酒最好喝，刚刚从绍兴回来，在

街边喝到一瓶八块人民币的“太雕”，远好过什么八年十年三十年。但是最好最好的还是香港“天香楼”的。好在哪里？好在他们懂得把老的酒和新的酒调配，这种技术内地还学不到，尽管老的绍兴酒他们多得是。我帮过法国最著名的红酒厂厂主去试“天香楼”的“绍兴”，他们喝完惊叹东方也有那么醇的酒，这都是他们从前没喝过之故。

老店能生存下去，一定有它们的道理，西方的一些食材铺子，如果经过了非进去买些东西不可。像米兰 IL Salumaio 的香肠和橄榄油，巴黎的 Fauchon 面包和鹅肝酱，伦敦 Fortnum & Mason 的果酱和红茶，布鲁塞尔 Godiva 的朱古力，等等。鱼子酱还是伊朗的比俄国的好，因为从抓到一条鲟鱼，要在二十分钟之内打开肚子取出鱼子。上盐，太多了过咸，少了会坏，这种技术，也只剩下伊朗的几位老匠人会做。

但也不一定是最贵的食物最好吃，豆芽炒豆卜，还是很高的境界。意大利人也许说是一块薄饼。我在那波里也试过，上面什么材料也没有，只是一点番茄酱和芝士，真是好吃得要命。有些东西，还是从最难吃中变为最好吃的，像日本的所谓什么中华料理的韭菜炒猪肝，当年认为是咽不下去的东西，当今回到东京，常去找来吃。

我喜欢吃，但嘴绝不刁。尽管如此，如果走多几步可以找到更好的，我当然肯花这些工夫。要是附近只有一家藐视客人胃口的快餐店，那么我宁愿这一顿不吃，也饿不死我。

你真会吃东西！友人说。不。我不懂得吃，我只会比较。有些餐厅老板逼我赞美他们的食物，我只能说："我吃过更好的。"但是，我所谓的"更好"，真正的老饕看在眼里，笑我旁若无人也。谢谢大家。

普洱茶的真性情

翻看杂物，发现家中茶叶有普洱、铁观音、龙井、大红袍、大吉岭、立顿、富逊、静冈绿茶和茶道粉末，加上自己调配的，应该这一生一世饮不完吧。

茶的乐趣，自小养成。家父是茶痴，一早叫我们四兄弟和姐姐到家中花园去，向着花朵，用手指轻弹瓣上的露水，每人一小碟，集中之后煮滚沏茶的印象尤深。

家父好友统道叔是位进口洋货的商人，在他办公室中一直有个小火炉和古董茶具泡功夫茶。用榄核烧成的炭，在他那里第一次看到。

浓郁的铁观音当然是我最喜爱的。统道叔沏的，哥哥一早空肚喝了一小杯，即刻脸变青，呕得连胆汁都吐出来，我倒若无其事地一杯又一杯。

老人家教道，喝茶喝醉了，什么开水、牛乳、阿华田都解它不了。最好的解茶药，莫过于再喝茶，但是这次要喝的是武夷老岩茶，越老越醇以茶解茶，是至高的境界。

来到香港，才试到广东人爱喝的普洱茶，又进入另一层次。初喝普洱，其味淡如水。因为它是完全发酵的茶，入口有一阵霉味，台湾人不懂得喝普洱，“洱”字又难念，干脆称之为“臭普茶”。“臭普”，闽语“发霉”的意思。

普洱茶越泡越浓，但绝不伤胃。去油腻是此茶的特点，吃得太饱，灌入一两杯普洱，舒服到极点。三四个钟头之后，肚子又饿了，可以再进食。

久而久之，喝普洱茶一定喝上瘾。高级一点的普洱茶饼，不但没有霉味，而且感觉到滑喉，这要亲自体验，不能以文字形容。

想不到在云南生产的普洱，竟在广东发扬光大。普洱的唯一缺点是它不香又不甘，远逊铁观音。

有鉴于此，我自己调配，加入玫瑰花蕊及药草，消除它的霉味，令其容易入喉。这一来，可引导不嗜茶者入迷，小孩子也能喝得下去。经过这一课，再去喝纯正的普洱，也是好事。能去油腻，倒是不可推翻的事实。

市面上有类似的所谓减肥茶，其实是掺了廉价的番泻叶，喝了有轻微的拉肚子作用，已失去了享受的目的。而且，番泻叶与茶的质量不同，装入罐中，沉淀于底，结果茶是茶，番泻叶是番泻叶，一大把抓了冲来喝，洗手间去个不停，很可怜。

玫瑰花蕊和菊花一样，储久了会生虫。用玫瑰蕊入茶，要很小心。从产地入货后，要经过三次的焙制，方能消除花中所有幼虫，但是制后须保持花的鲜艳，这也要靠长时间的研究和经验的累积。

一般茶楼中所喝的普洱，品质好不到哪里去，有些还是由泰国进口当地商人收集来的冲过的旧茶叶，再发酵而成，真是阴功（缺德）。纯正云南普洱不分贵贱，都有一定水准。

其他茶叶沏后倒入茶杯，过一阵子，由清转浊，尤其是西洋红茶，不到十分钟，清茶成为奶茶般的颜色。

普洱永不变色。茶楼的伙计把最浓的普洱存于一玻璃罐中，称之为“茶胆”，等到闲下来添上滚水再喝，照样新鲜。

在茶庄中买到的普洱，由十几块钱一斤到数百块的一个八两茶饼，任君选择。所谓的绝品“宋聘”，99%是假货，能有“红印”牌的三四十年旧普洱喝，已是很高级。但是普洱是属于大众的日常饮品，太好太醇的茶，每天喝也不过如此。港币 100 块一斤，已很不错。平均每一斤可以喝上 1 个月，每天只不过是三块多钱，比起可乐、七喜，便宜得多。

普洱叶粗，不宜装入小巧的功夫茶壶，经茶盅沏普洱最恰当。普通的茶盅，十几二十块钱一个，即使买民国初年制的，也只不过是一两百块。弄个古雅一点的，每天沏之，眼睛也得到享受。

有许多人不会用茶盅，但原理很简单，胆大心细就是，有过两三次的烫手经验，即毕业。

喝茶还是南方人比较讲究，北方人喝得上龙井，已算及格，他们喜爱的香片，已不能叫作“茶”，普洱更非他们可以了解或欣赏的。

普洱已成为了香港的文化，爱喝茶的人，到了欧美，数日不接触普洱，浑身不舒服。我每次出门，必备普洱。吃完来一杯，什么鬼佬垃圾餐都能接受。

移民到外国的人，怀念起香港，普洱好像是他们的亲人。家中没有茶叶的话，一定跑到唐人埠去喝上两杯。

到外地拍电影，我的习惯是携一个长直形的热水壶，不锈钢做的，里面没有玻璃镜胆，不怕打烂。出门之前放进大量普洱，冲冲水，第一道倒掉，再冲，便可上路。寒冷的雪山中，或酷热的沙漠里，倒出普洱与同事一齐喝，才明白什么叫作“分享”。

一次出外忘记带，对普洱的思念也越来越深。幻想下次喝之，必愈泡愈浓，才过瘾。返港后果然只喝浓普洱，不浓不快。倒在茶杯中，黑漆漆的。餐厅伙计走过，打趣地问：“蔡先生，怎么喝起墨汁来？”

谦虚回答：“肚中不够嘛。”

辑三

忙里偷闲，苦中作乐

吃好喝好，就是功德圆满

今天的外电中又说，心理学家证明，快乐和个性有关，开朗、自重、乐观的人，自然快乐。有钱人，出名的人，如果个性不乐观，照样是不快乐的。

再一次地证明我们的一切都出自遗传基因DNA。美国人胖子多，是因为胖子的身上缺少了认识肚子饱的基因，什么东西都吃得下去，所以变成胖子。

你看，连胖子都是命中注定，我们还去担忧些什么？

如果你赞同我这句话，那么请放心，你是属于乐天一派，今后一生，笑着度过。

假如你骂我胡说八道，那么你有一个暴躁的因子，请小心，会惹祸。

要是你幽幽地怨说为什么自己的想法不同，那么你在遗传上是个多愁善感的人，注定是一个悲剧人物。

要改变自己的个性，非趁年轻不可，一老就固执，不管你是哪种人，都有一个共同点，那就是越老越不听人家的劝告。

最怕遇到的是林黛玉型的女子，就算是多美，也应该避开。这种女人好的也怨，坏的也怨，永不休止。怨到最后，只有自杀或病死。别以为我在胡说，亲眼见到的就有好几个，绝不虚假。

一些命中注定失败的人，也很容易看出。他们永远认为自己的想法是最好的，只是别人不会欣赏。而且，他们会教你做这个、做那个。主意一箩筐，但没有一个行得通。

天生少了一条筋的女子真难得，她们永远笑嘻嘻，是个白痴。只对痛苦是白痴，其他事还是很聪明，遇上这种女人，三生有幸。

既然注定，我们不必花精神去改造自己。

天如禅师说过："人生能有几时？电光眨眼便过！趁未老、未病，抖身心，拨世事；得一日光景，念一日佛名；得一时工夫，修一时净业，由他命终，由他命终，我之盘缠预办，前程稳当了也。若不如此，后悔难追。”

把念一佛名，改为喝一壶酒，把修一时净业，改为吃一餐好饭，便功德圆满。

忙里偷闲，苦中作乐

曾经为“茗香茶庄”写过一副对联，曰：“为名忙为利忙忙里偷闲吃杯茶去，劳心苦劳力苦苦中作乐拿壶酒来。”

自己的散文集成册，也用过《忙里偷闲》与《苦中作乐》为书名。

忙和苦到底那么可怕吗？是的，如果你是一个朝九晚五的工作者，那么退休的安逸生活，是你渴求的；要是你付出的只是劳力，就简单了，老来过清淡的生活，舒服得很，养鸟种花，日子过得快。

人一不忙，就开始胡思乱想，以自我为中心起来。这很糟糕，不了解别人为生活奔波，以为做出的要求，非为你即刻办妥不可。

子女为什么不来看我？邮差为何不送信上门？每天派的报纸，怎么迟了十分钟？看病时，医生为什么不即刻为自己检验？

人不能停下来，如果你是一只大书虫，那就无所谓了，看书的人有自己的宇宙，旁的事，太渺小了。

有时可真羡慕外国人的豁达，一代是一代，长大了离开，父母不管我，我也不必照顾他们，各自独立。有了家族观念，反而在感情上纠缠不清。说是容易，但我们摆脱不了生长在中国家庭的宿命，我们还是有亲情的，我们的父母兄弟姐妹孙子孙女，都要互相拥抱在一起，我们一老，就不能原谅别人不理我们。

忙与苦，都能解决一切烦闷，一点也不恐怖。对老来的生活，是一剂清凉的良药。

工作可以退休，自修总可做到老。喜欢的事，加以研究，够你忙的。从种种问题中寻求答案，别的事就不必去烦它。能得到的亲情，当成横财，就此而已。

闲与乐，虽说要偷，要作。但那杯茶，那壶酒，终于是喝进自己的肚子。忙就忙吧，苦就苦吧！

享受之。

当你微笑时，世界和你一起微笑

记得“非典”那段时间里，大家的脸都拉得紧绷绷，目光呆滞，当今已雨过天晴。

香港人还是缺乏礼貌和笑容，邻居也不打一声招呼，去到外国的一些地方就知分别，他们不管你是什么国籍，朝早安，夕晚安。你好吗挂在嘴边，如果你不是这么哈啰来哈啰去，就融不入他们的社会。

在国外也常在电梯中遇到陌生人，总是和你small talk（闲聊）一两句。老一辈的，在走廊碰头，也来一鞠躬。

这就是旅行的好处，旅行教导我们：友善是应该的，而且要主动才行。

我的礼仪和人生观都是从旅行学回来的，拉丁民族的热情、南洋人的不在乎、西欧的优雅、中国东北的好客、南美洲人对死亡的乐天看法，等等。

我并不介意主动向别人打招呼，对方不瞅不睬，只显得他们没有教养。我更主动替游客指路，因为我旅行时也得过他们的帮助。微笑，更是我得到的一件犀利武器。

香港人都那么暴戾吗？有时我站在街上，看到有人走过就向他们笑一笑。对方迟疑了一刹那，也都笑了，笑得很灿烂。认得我也好，不认得的当我是个傻子，但已消失了敌意和警戒。

主动的出击，带来不少的好处，和陌生人谈天之余，对人生的观察，数据愈来愈多，对写作不无好处。

原则上，需要一些条件。那就是年轻不奇装异服，老了要干净。尊严和态度诚恳很重要。肮肮脏脏，猥猥琐琐的话，只能闹出是非。

耳边出现了一首老歌的歌词：When you're smiling, the whole world smiles with you（当你微笑时，世界和你一起微笑）。

不玩对不起自己

很多年前，我写了一本书，叫《玩物养志》，也刻过同字闲章自娱，拿给师父修改。

“玩物养志？有什么不好？”冯康侯老师说，“能附庸风雅，更妙，现代的人就是不会玩，连风雅也不肯附。”

香港是一个购物天堂，但也不尽是一些外国名牌，只要肯玩，有心去玩，贵的也有，便宜的更可随手拈来。

很佩服的是苏州男子，当他们穷极无聊时，在湖边舀几片小浮萍，装入茶杯里，每天看它们增加，也是乐趣无穷。我们得用这种心态去玩，而且要进一步地去研究世上的浮萍到底有多少种类。从浮萍延伸到植物，甚至大树，最后不断地观察树的苍梧，为它着迷。

研究的过程中，我们会看很多参考书，从前辈得到宝贵的知识，就把那个人当成了知己。朋友就增多了。慢慢地，自己也有些独特的看法，大喜，以专家自称时，看到另一本书，原来数百年前古人已经知晓，才懂得什么叫羞耻，从此做人更为谦虚。

香港又是一个卧虎藏龙地，每一行都有专家，而怎么成为专家？都是努力得来。对一件事物发生了浓厚的兴趣，怎么辛苦，也会去学精，当你自己成为一个或者半个的专家后，就能以此谋生，不必去替别人打工了。

教你怎么赚钱的专家多得是，打开报纸的财经版每天替你指导。事业成功的老板更会发表言论来晒命。书店中充满有钱佬的回忆录和传记，把所有的都看遍，也不见得会发达。

还是教你怎么玩的书，更为好看，人类活到老死，不玩对不起自己。生命对我们并不公平，我们一生下来就哭，人生忧患识字始，长大后不如意事十常八九，只有玩，才能得到心理平衡。

下棋、种花、养金鱼，都不必花太多钱，买一些让自己悦目的日常生活用品，也不会太破费，绝对不是玩物丧志，而是玩物养志。

穷开心，总比有钱不开心要好

早前“领汇”邀请，到天水围的商场教儿童书法，欣然答应。

其实，小孩子的童体字最美，是不用教的。大人一教，就坏了。不过，为了克服他们对抓毛笔的恐惧感，不妨谈谈。

“请你教他们写一个字好了。”同事们说。

“什么字？”

“请写个‘笑’字。”

“小孩子谁不会笑？”我问，“只有大人笑不出。写个‘乐’字吧。”

“千万不可。”同事们说，“当今股票大起，‘落’字很忌讳。”

我笑了：“写个‘趣’，如何？”

终于达到折中，就那么决定。

星期六下午，商场的大堂中坐满儿童和他们的父母，二楼、三楼有大人旁观。我先走近小孩子，看他们拿笔，拿得辛苦。

“谁那么教你们的？”我问。

“爸妈。”有的举手，“老师。”

“通通不对。”我说。

儿童做惊讶状，我继续说：“喜欢怎么抓，就怎么抓，不必听他们的。”大家高兴起来，我示范了一下，儿童纷纷学习。

望到楼上，这回针对大人了。来这里的，到底是大人多。我说：“选这个‘趣’字，是因为我们除了自己那份工作之外，一定要培养一些兴趣，比方写写字。有了兴趣，热心起来，深入研究，发现生命除了担忧生活外，还有很多意义。”

楼上的大人有的点头，有的看看我，像在说：“穷什么开心？”

我说出他们心里的话：“我父亲也穷，我们小时也过着穷的生活，但是他写写字，种种花。是从池塘捡回来的小荷叶，放在茶杯里，看它长大。穷开心，总比有钱了不开心的好，大家说是不是？”

不必要的忍受，何必忍受

人生要忍的东西实在太多，不能控制的，像娘要嫁人，一点办法也没有，对付天要下雨，我们可以打伞呀。

香港一年之中总有几天很冷，但只是“几天”，大家都忍住了。御寒工具少得可怜，都没有中央暖气设备，最多开个电炉或吹把热风，生活上的享受，寒酸得很。

年轻时挨苦，冻热都不要紧。到了收成期，花点钱改善生活，无可厚非。香港的冷天虽短，但是何必忍受不必要的忍受？

寒冷的这几天之中，最好是买齐所有制造热气的器具，像油压式的暖炉，或电线发热器。市面产品中有个吹热风的风扇出售，左右送热风，很好用。

当今的冷气机也有热气设备，购买冷气机时加多一点钱罢了。一时的节省，得不偿失。

浴室里面最好有把太阳光灯，一开了整间温暖。毛巾架买能通电的，不然摩擦起来冷冰冰，感觉也不痛快。这不止是舒适的问题，冲凉洗澡时太冷的话，来个伤寒，看医生的费用已够你购买这些设备，而且免掉三数天发高烧昏沉沉之苦，多么值得！

如果你肯再花多些，那么在装修期间在浴室地板上铺发热线，效果更佳。

天一冷，是我最高兴的一段时期，一点也不觉痛苦。

油压机、暖风机、电被等，都比不上火水炉那么快热。我家有两三个，搬来搬去也不是问题，点着了上面放一个水煲，滚了发出蒸气防干燥，又在炉上摆个特制锌盆，烘几片年糕，淋点酱油，香得不得了。

在外国冬天穿的衣服派上用场，天天换不同的花样。这数日着棉袄长衫，走上街，人家说是鲁迅装，听了大乐。

简单，就是茶道

台湾人，发明出所谓的“中国茶道”来。最令人讨厌了。

茶壶、茶杯之外还来一个“闻杯”。把茶倒在里面，一定要强迫你来闻一闻。

你闻、我闻、阿猫阿狗闻。闻的时候禁不住喷几口气。那个闻杯有多少细菌、有多脏，你知道不知道？

现在，连内地也把这一套学去，到处看到茶馆中有少女表演。固定的手势还不算，口中念念有词，说来说去都是一泡什么、二泡什么、三泡什么的陈腔滥语。好好一个女子，变成俗不可耐的丫头。

台湾茶道哪来？台湾被日本殖民统治了50年，日本人有些什么，台湾就想要有些什么；萝卜头有日本茶道，台湾就要有中国茶道。把不必要的动作硬硬加在一起，就是中国茶道了，笑掉大牙。

真正中国茶道，就是日本那一套。他们完全将陆羽的《茶经》搬了过去。我们嫌烦，将它简化，日本人还是保留罢了。现在台湾人又从那学回来。

唉，羞死人也。

如果要有茶道，也只止于潮州人的功夫茶。别以为有什么繁节，其实只是把茶的味道完全泡出来的基本功罢了。

一些喝茶喝得走火入魔的人，用一个钟计算茶叶应该泡多少分多少秒，这也都是违反了喝茶的精神。

什么是喝茶的精神？何谓茶道？答案很清楚，舒服就是。

茶是应该轻轻松松之下请客或自用的。你习惯了怎么泡，就怎么泡；喜欢怎么喝，就怎么喝。管他三七二十一。纯朴自然，一个“真”字就跑出来了。真情流露，就有禅味。有禅味，道即生。喝茶，就是这么简单。简单，就是道。

我更喜欢看别人吃东西

其实，我喜欢看别人吃东西，多过自己吃东西。

什么都吃，吃得津津有味的相貌，是多么赏心悦目。

最怕遇到对食物一点兴趣也没有的人，这种人多数言语枯燥，最好敬而远之，不然全身精力都会被他们吸光。

各有选择，我对素食者并不反感，尊重他们的权利，你吃你的斋，我吃我的荤，互不侵犯。

讨厌的是吃斋的人喜欢说教，认为吃有机种植的蔬菜才是上等人，吞脂肪的人像患麻风，非进地狱不可，永不超生。

素食者人数一多，对肉食者群起而攻之，凡肉类，都是一切病源的开始。我没有不舒服，却一定要说到你去看医生。

素食者人数一少，便眼光光地坐在一旁，看

别人大鱼大肉，自己做委屈状：啊！我这个可怜的人，什么东西都没得吃！啊！可怜呀！好可怜呀！

已经专为这种人叫了一碟什么罗汉斋之类的。一上桌，试了一口。咦！怎么这么难吃？从此停筷，继续做他们的委屈状。

当然，又不是素菜馆，大师傅烧不惯，像个样子已经算好的了。不吃白不吃！算了，他妈的！

吃素没什么不好，但是强迫儿女也一起吃斋，就是罪过。这些人的儿女长大后，和他们的面孔长得一模一样，面黄肌瘦，可憎。

有一位朋友，不但不吃肉，连蔬菜也不碰，一味喝酒。她一坐下来就向各位声明，不太吃东西，主人不相信，拼命夹菜给她，她只是笑笑，也不拒绝，但不碰就不碰，反正早已告诉过你，不能说我浪费。这种人，什么都不吃，也可爱。

得奖是开心事

2008年年底，无线来个电话："有个扬威海外蜚声国际的颁奖典礼，要你出席。"

到底是什么事，去了才知道为2008纽约电影电视节发出的旅游美食节目优异奖。阿猫阿狗的什么非洲刚果节得了也高兴，别说纽约的，对手一定强劲，得奖是开心事。

凭什么呢？自忖是节目做得轻轻松松吧？一有心理负担，面孔严肃，说什么也做不好。最大卖点可能是最后一段，要厨师为我做他们心目中最完美的一个蛋。

这是从前拍《蔡澜叹世界》时得到的灵感。当年到了里昂，找到最早得米其林三颗星的保罗·包古斯。他向我说："很久没亲自下厨，你既然老远来到，要我烧什么菜，就烧给你看。"

我从裤袋中掏出一个蛋，他看了抓抓头，但也做！后来做这个新节目时，我都要求各地名厨，以最平凡的一个鸡蛋煮出各种花样来，成为终结的一个环节。

在几乎没有宣传的状态下推出了街，收视率平均也近三十点，我的功课算是交足。合作的深圳卫视台的国语节目，也只是全年收视最高的一个，我比较喜欢国语版的名字，叫《蔡澜提菜篮》。

可喜的是能在世界各地播出，我在巴黎的乔治五世酒店中也看过这个节目。既然做了，当然希望愈多观众愈好。

旅游美食节目并不容易做得好，多数要餐厅赞助，来个免费餐，吃到不好的，也只能叫："噢，很得意。"好在无线资金雄厚，我不必受约束，尝到难咽的，还能在镜头前皱眉头。

得奖后记者问做主持的心得，我送上一首平仄不对的打油诗：

"镜头一出现，不必照稿念；资料收集好，切记随机变。"

沮丧，只是一个笑话

我爱一切活着的东西，最讨厌的是担心、难过、悲伤、痛苦、忧郁和沮丧这几样，我当它们是敌人。

消灭敌人不用和它们去斗争，最好是躲避。

有人说吃东西可以抗拒沮丧；越悲伤越吃得多，这当然也是途径之一，毛病出在吃太多东西会发胖，那时你又得去担心自己的体重。

和朋友出街吧——有人那么劝告你。但是，你想想看，已经是沮丧难过，还要在别人面前装出个笑脸，那是多么痛苦的一件事！

别以为天下只有你一个懂得沉闷，连许冠文、吴君如也有悲伤的时刻。痛苦，不是你的专利。

你也许会说自己越来越老，所以沮丧也越来越深，不过实际上，悲哀和年龄没有关系，报纸上年轻人跳楼的新闻是不稀奇的。

你或者会把理由推在穷困上，但是有钱佬发

神经，服药自杀的例子也不少。

沮丧不分贫富、不分阶级、不分年龄、不分性别。这个坏蛋说来就来，我们一定会遇到它，就像我们做人迟早患伤风感冒一样，没有什么了不起，事后想起来，多数变成一个笑话。而且往往是莫名其妙的笑话。

我经常沮丧。

但是，我没有时间沮丧。

对了，克服它，最好是把自己弄得忙得要命。工作、读书、看漫画、看电影、看电视、散步、养鸟、栽花、打麻将、竞马、赌狗，做什么都行，只要不去吸毒，且切莫酗酒，别抽太多的烟就是了。

有时，就算你忙得交关，沮丧也会偷偷摸摸地来侵袭你。当你无处可逃，剩下最后的办法只有面对它。

找一个地方躲起来，关上房门、窗户，紧闭帘子，独自大声嘶叫，痛哭一场。要不然，摔破所有碗碟（避免古董），在雪柜上写“他妈的”三个字，等等等等，但是千万不要用脚踢烂电视机（会给电电死的）。

当你做了以上的一切，你便会觉得自己笨到

极点，而且，你哭叫太多了眼肿喉咙痛，闷出个鸟来。

这时，试试打开窗门，让阳光沐浴你的身体，走出去散散步，问人家说这棵开满花的树叫什么名字，买两斤菜去炒炒，吃个斋，沮丧忽然逃得无影无踪。

求神拜佛也是绝对有效的，担保你会出现奇迹。我看过一个老太在祈祷，问她说灵不灵。她回答："拜神时什么都不用想，还管他灵不灵！"

美国佬一沮丧，马上就去找精神分析专家，目前的收费听说是100美金1个钟头。不过，通常他们只给你45分钟，像按摩女郎一样。

信天主教的还可以去找神父忏悔，这最合算，但是现在找神父的人越来越少，我认识的一个神父也说过："他妈的，那些缩头鬼把我们的生意都抢光了。"

我们不流行这玩意儿，我们沮丧的时候只有自己解决，对了，自己用手解决也是个办法。

发现读丑闻杂志和妇女月刊也有帮助，前者踢爆名人私隐，让你好过；后者告诉你许多用手是无害的理论。

八卦周刊最可爱，将报摊所有的都买下来吧！

这些周刊，至少可以使你进入八卦阵，忘记沮丧，也可以说得上没有一本不好看。

如果嫌太贵，可去洗头店减轻负担。

漫画更好，什么英雄、什么门、什么郎等，要不然就是日本的色情和暴力，包你把沮丧忘得一干二净。

要是你什么钱都不肯花，那么只有粤语残片，看张瑛、白燕哭得死去活来，你会感到自己最幸福。

小孩子的画，看起来清心

搬家，东西太过凌乱，只有出来住酒店。现在清晨四点，对着栋壁，想写稿，但是一字不出，只能瞪着那幅画作呆。

为什么每一个旅馆房中，非挂一两幅画不可呢？大多数是山水花卉鸟虫，但写意居多，工笔画很少。

酒店建立时总会请几个作画者，几百上千个房，每人负责一部分，一定要大量生产，画得多了，就偷工减料，愈来愈糊涂了，不肯工笔，反正住客的目的在于休息，或者偷情，谁有心情来看画呢？马虎一点算数。

所以变成抽象了。看的人不懂，画的人也不懂。抽象画最难，要经过严格的基本训练，写实的也画得很好，才能把形象打破，成为感觉。

但是这些所谓的画家，基本功没经检验过，就出来涂鸦，脸皮之厚，令人作呕。

即使基本功不肯去学，要踏入艺术这条路，也得有灵气呀！什么叫灵气？只能举实例来解释：小孩子的画，都有灵气，他们的思想还没被世俗污染，天才与否不要紧，总有个真字。而真，时常是灵气的起源。

色调更能影响情绪，酒店中看到的多是灰灰暗暗的东西，令人消沉。要不是对方特别诱人，也引不起兴趣做那一回事儿，为什么不能多点灿烂的阳光？为什么不是五颜六色的花朵？偏偏是看了不想去游玩的山水？

作画者还多数只签个名字罢了，连诗也不肯题一首。书画嘛，书行头，不懂得书法的画家，好极有限。

就算那简简单单的两个名字，像死鱼一般腥臭，蛇头鼠尾，俗不可耐。与其付钱给这班半桶水，不如请一群儿童来做旅馆画，看起来清心，就算是借房间来干调皮事，也没罪恶感。

总想着藏品值多少钱，便是穷光蛋

有本刊物说要来我家拍一些我的收藏品，我想了一下，因为，我没有收藏过些什么。

说石头吧，倒有数百块，但都不是值钱玩意儿，我不相信那些成千上万的东西，几百块钱已经算是顶笼了。

看报纸，刊登了一张澳洲富豪展示书画的传真照片，介绍挂在办公室壁上的凡·高作品《鸢尾花》，是一年前花 4900 万美元买回来的。但是我并不羡慕他，这个人为了要保护这张画，一生之中一定增加不少担忧。至于凡·高的艺术，在卢浮宫或大都会博物馆，一层几十幅，比《鸢尾花》金贵得多。

“那么，你没有考虑到艺术品可以保值吗？”朋友问。

我当然知道，但是辛辛苦苦收藏的东西，一旦要卖，被人家杀价杀得体无完肤，那种打击，比失去亲人尤甚。

而且，买艺术品为了保值的人，一定不是艺术家。

要了解什么叫“身外物”并不简单，我们家里，都有些用不着又舍不得扔的东西，如果能够一扫清之，那做人会有多轻松呢！

收藏一点名贵的东西，并非不好，但绝对不要想它有一天能值多少钱，这一想，你便是一个穷光蛋了。

岁暮的白兰花

对白兰花的迷恋有增无减，在九龙城街市买完菜，就走过衙前塱道口，七十一角落铺的隔壁田记花店买几朵，才上班去。

可惜此花有季节，每年开两次，夏天和深秋，过了那段时期，只有想念了。

今天习惯性地走过花档，竟然给我发现，寒冷的岁暮，怎会有白兰花？

“泰国空运来的。”黄太太说。

啊，怎么我想不到？那边热带，白兰变了种，一年四季都开。

那么微小的东西，装在透明塑料袋中，一共五朵，背后还用一片剪成锄形的香蕉叶衬着，卖四块钱。

“一箩箩用冰雪住，不然很快坏掉。”黄太太解释，“我知道你爱白兰，特地进货。”

真感谢她的好意，黄太太在这里开档，也有

三十多年。已经六十多岁的她，前几年先生过世，儿子手不方便，在家。和媳妇两人守着档口。婆媳之间关系，特别良好。

“从哪里买的？”我问。

“花墟呀。”她说，“每天五点钟就去采购，我住在马鞍山，三点多就起床。”

“哇，”我问，“那么几点收档？”

“晚上八九点，”她说，“我睡得少。”

看见一盆盆的年花和橘子连着花盘，搬运起来也不容易。

“是花墟的人运来的？”我问。

“不。”她指着停在档前的面包货车。走前一看，里面载满花。

“谁驾？”我问。

“我自己呀！”黄太笑着说。

档边常摆着五六张空椅，任由七八十岁的老先生老太太休息，是黄太太从垃圾堆中捡回来的。

黄太太说：“和他们聊天，我觉得很年轻。”

辑四

在无常人生，与寂寞缠绵

教养，跟出身没关系

教养这一回事，人家都以为是出自名门才能得到，其实是一种普通常识，只要稍微注意，都可学到，和你的出身没有关系。

没有教养的人，是懒惰的人，不求上进的人，无可救药，一见大场面，即刻出丑，在外国旅行，被人歧视，也是活该的。

当今大机构聘请职员，最后的面试都在餐厅中进行。

主人家故意迟到，看你是不是一坐下来就先点菜不等别人。酗不酗酒？也即刻知道，忍不住的人一定先来一杯烈的。

菜上了，看你拿筷子，姿势正不正确倒没太大关系，那碟炸子鸡，你有没有乱翻之后才夹起一块，就决定了你的命运。

吃东西时，啧啧有声，更是个大忌。有教养的人哪里会做出这种丑态？吃就吃，为什么还要啧啧啧啧？

父母没教你，那你的家庭也没教养。不过这是上一辈人的错，不能完全怪你。但是你出来社会混，连这一点小小的餐桌礼貌都学不会，派你去和对方的大公司兜生意，人家听到你啧啧啧啧，先讨厌了，一定谈不成。

有些时候，不必从餐桌看到，连面也不必见，听你的电话，已经知道。

“等一下！”你说。

管理阶层已皱眉头，为什么不会说请等一下？这个“请”字，难道那么难说出口？

“是谁找他？”

为什么不能是：“请问您是？”

没有教养的女人，比没有教养的男人更加不能容忍，快去向苏州姑娘学习吧，她们每一句话都像是征求你的同意。即刻命令手下“把那个东西拿来”，也会变成“请你帮我把那东西拿来好不好”。

听到没有教养的人说话，总不当面指正。教养这一回事，是自发的，自己肯学，一定会，并非高科技。

梦想中属于我的小岛

从童年开始，就希望有个自己的小岛，不受干扰，没有尘污，充满太阳。

一年年，我将这小岛的形象绘画在脑海中。

慢慢增加，由沙滩上的一间小屋，发展到岛顶尖端处的大堡垒。

中间也想过有栋三合院，或是两层的唐楼，但多数的印象，只是一大间浮脚的亚答屋。

亚答是生长在南洋的一种树木。

亚答的形状，似椰树叶，用来盖屋顶，能将屋子保护得很清凉。

这亚答屋顶的下一层是由几片大玻璃组成。

当有星星的夜晚，按遥控机的钮，亚答屋顶便滑下，我就能躺在床上欣赏月光入眠。

屋中有个大银幕，在二十几年前我已经想到有一天可以将所有的好电影缩成一册册的小书，将它们放入一机器。

不用放映师也能独自享受，现在这机器果然

被人家发明了。

书房是少不了的，先有一墙壁全是字典的书柜，另一边是小说。

再是诗词，还有漫画和连环图。

吸烟间挂着一半国画，另一半是西洋经典画。摆着些古董在房中，俨然是一间小博物院。工作室里有大块的檀木和各种利器，以备雕刻佛像之用。

园中有竹林，备曲水流觞，夜里点烛和油灯，电器是禁物。

浴室不在屋内，是花园中的一小温泉池，浸在池中见浮云飞过。

岛上有长数英里的飞机跑道。

忽然感到难堪寂寞时，致电各国诸友：

“喂，明天派飞机来接你。”

时间讲好，再吩咐私人机师顺道将加油停下时的各国名厨一道请来。

友人到齐，畅饮话旧，或又大吵一番，跳入海中夜泳。

海水是温暖的，小微生物的磷光沾在身上，发出光辉。

这幅画，一定要不停地添上几笔。

相信自己的真性情

清晨、深夜，不入眠，临摹古人书《心经》。

行书《心经》，首推《集王》《圣教序》之王羲之《心经》，虽然由不同字帖集成，行气十足，可见后人崇拜者之苦心。

赵子昂临摹王羲之，加入自成一家的书法，但在字形上还可看到与《集王》中一模一样的字形，当称对王羲之之尊敬。

刘墉也以行书书《心经》，但已面目全非，完全是他自己的字，不顾前辈了。

邓石如以篆书入《心经》，他的纯熟笔法，值得学习。但是篆书《心经》，还是喜欢吴昌硕，他的《心经》很有金石味，字字见刀见笔，异常苍劲。

当然，临摹心经最高境界应向毫无火气的李叔同弘一法师学习。抄了数十遍之后，更爱上法师的书法，重翻线装本的弘一字帖，发现不少精句，记录如下：

“今日方知心是佛，前身安见我非僧。”

“不是一番寒彻骨，怎得梅花扑鼻香。”

法师临终之前所书之“悲欣交集”，简直可以看到他老人家的笑容和眼泪。

我家壁上挂着法师真迹，书曰：“自性真清净，诸法无去来。”高僧叫我们相信自己的真性情，不必奉佛，多么潇洒！多么伟大！

人生几何，要酬生平之不足也

年轻时，又高又瘦，大家都为我担心，要强迫我喝肥仔水。

交了个女朋友，也是又高又瘦，一头直长的头发。我们两人在一起，朋友笑称：一支竹竿和一把拂尘。

时光蹉跎路，发起中年福来。渐渐肥胖，成为被取笑的对象，我毫不在乎，反而先自嘲。

偶尔有裸体示人的机会，也不觉羞耻。这就是我的身体，我某一个时期的形态。它追随着我爬过高山，渡过大海，在烈日下煎熬，严寒中挨夜。它是一副值得骄傲的躯壳，不得亏待。

珍芳达和三岛由纪夫拼了老命，想把人类肉体保留在接近巅峰的状态，我认为是不必要的。适当的运动倒要实行，但是我是个懒人，除了垫上运动以外，什么篮球、足球、网球、羽毛球都不感兴趣。所以，只有放任地由这个躯壳浮肿下去。

难看死人，有人说。但是美丑只是一个观念，是别人强迫你接受的观念。随岁月衰老倒是必然的，皮肤的松弛，皱纹的增加，你我都改变不了。从前叫我喝肥仔水的人，现在要我吞减肥丸。

唉，继续暴食暴饮吧。段文昌说："人生几何，要酬生平之不足也。"

骂人，要骂到节骨眼

和日本人打交道，我年轻的时候总不客气，一恼起来就大声骂人，但有些人会笑嘻嘻听，拼命点头认错，但死不悔改，也不是办法。

骂人，要骂到节骨眼。像这次我们在九州，最后一天循例要逛一趟菜市场，结果司机认错路，把我们带到中央批发市场，被关闸人员挡住："要有准许证才能进去。"

"怎么才拿到？"

"请去十一楼的办公室申请。"

"拿到了是不是马上可以进去？"

守卫看了表："不，要等到十一点。"

只好退出，我向司机说："不是这一个市场，来错了，应该去一个有零售的，从前来过。"

"你又没有说清楚去哪！"司机狡辩，"只是说市场，市场，这就是市场呀！你有正确的地址吗？"

我终于忍不住，弄个圈套给那司机："您是本地人吗？"

听我那么客气，司机有点骄傲："不折不扣的福冈人。"

"您驾旅游巴士，有多少年资了？"

"快三十年了吧。"

已经箍住他的颈项了，我的语气忽然转冷："驾旅游巴士，驾了三十年，还不知道中央批发市场要有准许证才能进去的吗？"

"这……这……"他的脑筋转不过来，急到说不出话来。

"驾旅游巴士，驾了三十年，也不知道这地方要十一点才开，对得起公司，对得起客人吗？"眼看他就要鞠躬，我命令："不必道歉，带我们去零售市场，如果再说没有地址找不到，向你的上司请示。"

这一回乖乖载我们到目的地，这种方法骂人，最有效。

不自爱的人，没药医

“你长得有多高？”小朋友问。

“六英尺。”

“高人有什么好处？”

“好处数不出，坏处多得是。”

“举一个例子。”小朋友说。

“乘电梯的时候，遇到那些不知道多久没洗头的女人站在你前面，味道一阵阵传来，不是很好受的。”我说。

“男人也有很多不洗头，头皮满肩都是的呀！”小朋友抗议。

“是的，不管是男的是女的，有头皮的话就不应该穿深颜色的衣服。”

“头皮是一种自然现象。”

“这也说得不错，小量的头皮，多洗，就没了。大量的头皮，是一种病。”

“怎么医？”

“每天洗呀，一天洗两次，一定洗干净。”我说，“买一支老人家用的篦，梳齿很密的那种东西，洗头之前刮几刮，也能去掉。药房很多治头皮的产品，搽一搽。”

“还有没有其他方法？”

“旧时妈姐们用茶渣来洗头，也能消除头皮。山茶花油是专门对付头皮的，搽了之后头发更是柔软发亮。”我一口气地说。

“广告卖的一种什么肩什么头的洗发剂有没有效？”

“我没用过，从前听亦舒说，愈洗头皮愈多，就没去试了。”

“你也有头皮吗？”

“有。到了冬天，天气干燥，新陈代谢，头皮就出来了，不过我们生长在南洋的孩子天天洗头，就看不到了。”我说。

“你对满肩头皮的仁兄怎么看法？”

我懒洋洋地说：“我认为他们不尊重别人，也不尊重自己。这叫不自爱，不自爱的人，没药医。”

中年情怀

一、不必用风筒，也不必用太多的发膏，已经再也没有怒发冲冠的现象。

二、不必再拔白发，剩下黑的，你慢慢找好了。

三、你开始发觉传统性的衣服是多么的庄重，流行衣服是那么容易过时。

四、三十年前的小事，你记得清清楚楚。昨晚遇到的女朋友的名字叫什么？

五、到处都能打瞌睡，可是见到了床，躺了上去，怎么睡也睡不着。

六、你会向坐在你身边的司机说：“别开得那么快，别开得那么快。”

七、签信用卡的时候，看不到银码，不知道怎么加小费，只有戴上老花眼镜。

八、和你同年纪的朋友，所讲话题，离开不了介绍个神医给你认识。

九、不喜欢上麦当劳。

十、酒量减少，向你的朋友解释，要喝好一点的酒，贵精不贵多。

十一、性爱次数减少，也是用喝酒同样的理由：贵精不贵多。

肯搏，总会出人头地

毛毛雨，路经天桥底，见老人打着伞，坐在梯阶上，双眼望前，动也不动。

在干什么？等人吧？静观吧？都不像。没事做，是一定的。

酒楼饮茶，进口处有一小丑，年轻人扮的，拿着一个泵，把彩色胶球打入一半的气，然后折成一个个小圆球，组合成一只米奇老鼠，送给小孩，欢天喜地。

“请来的，”酒楼伙计说，“一个小时 700，包气球。”

不是儿童不送，我走过去向他宣布：“我是大小孩，也要一个。”

年轻人笑嘻嘻点头。“平时上不上班？”我问。

“在写字楼送信。”他回答。

“做气球公仔的技术，是谁教的？”

他摇头：“没人教，到书店买一本书，看图识字学会。”

“真厉害。”我说。

他又摇头：“不是什么高科技，失败了再学，不会学不到的。”

“一个月赚多少？”我问。

“写字楼 4000 多。”他坦白地回答，“每个星期天跑两场。一场 700，1400，乘 4，5600，加起来也有 10000，够用了。”

“酒楼怎么知道？”我又问，“他们怎么会请你？”

“每一家去表演给他们看，每一家去问问，总可以问到一两家。”他说。

喜欢他，喜欢得要命。天下总分几种人，有的不肯进取，不肯学习，就那样过一生，有的肯搏，出人头地。

天生的吧？遗传因子在作怪。有的坐在天桥下，有的绑气球。有因必有果，也不必歧视前者，寄予同情，足够矣。

年轻时做过的疯狂的事

从大阪返港的飞机上，看了一部电影，片名已错过，看到是戴维·凌治导演，即刻留意。

故事描述一个七十多岁的乡下老头决意穿洲越岭去看他的弟弟。平平凡凡，扎扎实实，和一般的怪异凌治作品完全不同。

一开始就形容老头双脚不灵，眼睛有毛病，跌在地上不能动弹。

老头觉得时日无多，决心上路，但他的驾驶执照因眼疾早被吊销，只有坐着电动割草机，拖了一辆手卷的铁棚出发。全镇的人都以为他疯了。

路上，他遇到了一个离家出走的少女，用智慧的语言令她回家。

车子烂了，遇好心人为他换取一辆二手的。再坏，找人修理，要敲老头竹杠，他一一杀价。这个老人一点也不蠢。

有人问他："你单身出门，不怕坏人？"

老头回答："二次大战时，我在战壕中度过，有什么比那更危险的呢？"

又遇到一位老头，互相道出战争的可怕。老头安慰另一个老头，说自己当年是狙击手，把敌军一个个选出来杀死，最后还错杀了一名美军的哨兵。

几经风雨，数日后终于抵达弟弟的家。同乡中人说好久不见他，不知死了没有？老头心急，驾往弟弟家那条小路，是最漫长的。

终于见到弟弟，他们两人年轻时因口角而分开。老头向别人说道："再不去道歉已来不及。"

见面后两个人坐在门外，一语不发。弟弟的眼光慢慢移动到那辆割草机和拖车，盯住。心中激动表现无遗，这时他大哭，观众都哭了。

片中印象最深的对白，是当老头遇到一个脚踏车队，和选手们夜里共宿，他们不礼貌地问："人老了，最坏的是什么事？"

老头安静地回答："是想起年轻时做过的事。"

投资，不熟不做

“你说投资，”小朋友问，“做什么投资最好？我从来不懂得做生意，怎么开始？”

“古人的话，有他一定的道理。”我说，“不熟不做。要做你认识的。”

“我只懂得我的老本行，最熟了。其他，一点也不懂。”他说。

“那么开始学习呀。”

“学些什么？”

“学你的工作之外，有兴趣的东西。”我说。

“我只对吃东西和睡觉有兴趣。”小朋友笑了。

“对吃有兴趣，可以开小餐厅。对睡觉有兴趣，可以设计枕头。”

“唔。”小朋友说，“我没有想到设计枕头也是一种行业。”

“这行生意可大可小。一般人都对自己的枕头不满，说睡得不好完全因为没有一个好枕头，你能做出一个让他们满意的，一定有人买。”

“但是我只会睡觉，不会设计。”

“所以说要学习呀。”我说，“可以从研究背脊骨的构造开始，再进入天下最轻最软的鹅毛是哪一种？一块布的枕头好，还是分成十个气袋？天然树胶的发热量和人造塑料的分别如何？枕头盖麻质好过丝绸？应不应该分春夏秋冬不同的四个袋子？用计算机分析头和颈项的角度，行不行得通？抱枕呢？追溯它的历史，叫作‘竹夫人’。从前的抱枕，天气热的时候用竹编成的，你知不知道？有个象牙的抱枕，更凉快，但是现在禁止猎捕大象，象牙禁止买卖，可用什么塑料来代替？每一种东西都是一门学问。精了，就是专家，写谈论古今枕头的文章，也是乐事。”

我一口气说完。

小朋友哇的一声：“除了睡觉和吃饭，我还喜欢做爱。”

我懒洋洋地说：“去拍小电影，拍得好，也能赚钱。”

一心一意的理想，总是能够达到

另外一位年轻友人也上路，抵达纽约。

他在唐人街的一间餐厅洗碗碟，做小厮，但是他的勤劳，得到了赞赏和生活下去的条件。

在纽约，他吸收了一切在小地方工作想象不到的东西。大都会博物院、自然文物馆、摩登美术厅，这三个地方，已经值回他付出的一切。

说走就走，他也不知道是那么的容易。

年轻人没有做不到的事。埋怨，总不是办法，一心一意的理想，总是能够达到。但是，如果步入中年，就再也没有那么多的希望和勇气了。

你说这世界上没有超人吗？错错。年轻人就是超人，奇怪得很，他们在车祸中骨头断了又接回来；他们吃了什么毒药第二天照样清醒；他们有了爱情的挫折，但眼泪一下子就干了。

你我拼命地储蓄防老，剩下的钱在银行账簿上只是一个数字。年轻人也在存钱，可是他们的钱，是他们的回忆，因为，他们根本不知道钱的用处。

别笑他们，当年龄消逝，而你只是一个很普通的人，你会恨自己的。做普通人没有什么不好，要遵守的，是已经度过不平凡的青春，才有资格做普通人。

在无常人生，与寂寞缠绵

多年来，第一次感到寂寞。

少年时的寂寞，是无知地造来虐待自己尝它滋味，像辛老所说的愁，渐渐大了，每日为三餐奔波，也就忘了这种感觉。

现在最寂寞时莫过于半夜起身写稿，大厦森林里听不到蝉鸣，亦无鸡啼陪伴，只对着窗外的路灯，等待曙光。

偶尔的动静是感到凉意，打几个喷嚏，还是一片苍茫。

不断地努力，拼命搜索，还是只字不出，难道头脑已经枯干？

忽然，思想飞驰，回忆起这一生，究竟苦多乐少。近来发生的事，起伏很大，感叹人生的变化多端。

人生的确是如想象中那么无常吗？

未必吧？

生老病死，为预料之事。当你是年轻人时不懂，以为花明柳暗又一村，充满了希望。一遇悲哀，即感叹一番，有了快乐，手舞足蹈。经过了那么多年的起伏现在还惊奇，岂非疯癫？

亲戚朋友的儿女就比他们的父母高大，依稀见到他们婴儿时，翘着一撮的头发。

曾几何时，美俊少年，已在守财；美丽少女，喋喋不休地长舌。

前往探望的病房，初不识路，渐渐地，像是家中走廊。

殡仪馆和坟场为必经之地。老朋友的相聚，也限于此。

无常吗？前人的教导，亲身的经验，重复又重复，何来的惊喜与悲伤？

为什么把死亡使者称为“黑白无常”？天天前来抓人，一切已惯，对这双兄弟来说，绝对不是无常。

想到这里，又笑了。

但是寂寞，缠绵不断。

钱，是我的奴隶

大家都在喊：“欧元那么高，到巴黎什么也买不下手。”

“日元高企，现在去了东京，什么都觉得贵。”又有人那么说。

东南亚的游客也说：“香港虽然便宜了一点，但东西比起我们的都不便宜。”

这是一个相对的问题，我们住惯了香港，一切都是理所当然的。其实，香港是全球物价最高的都市之一，我们自己不觉得罢了。

我一生好彩，住什么地方，什么地方的东西都贵。一到外国，钱花得轻松，像我在日本吃鱼生，就一直笑。

名牌东西，日本较贵，这是一般的理论。但是近年税减轻了，价钱已和香港所差无几。他们的办货人眼光较高，进的货花样有品位，就算贵了些，还是值得去买的。

一向主张，可以花多少就花多少，这一笔是辛苦赚来，用个十巴仙不算过分，不用了反而没有赚钱的动力。以这十巴仙当预算，别一一计较，花光了算数。每一次用钱心痛一次，干什么？从大数目着想，换成外币之后，把计算器丢掉就是。

你不是这种个性？那也不要紧，欧洲日本都不要去，到柬埔寨和缅甸吧！那边一块美金千千声，你一抵步即刻成为百万富翁，花个痛快！

当今钱用得最舒服的有泰国、马来西亚和印度尼西亚，一切物有所值，街边吃碟面也不过十多块港币，味道好得很。

你也不舍得？

躲在家里数银纸吧，各有所好，不勉强。

我不会自认清高，认为钱是罪恶的。身边留几个是要的，其他的花掉。

钱，是我的奴隶。

折磨，折磨，好过瘾。

教我们活得一天比一天好的学校

我整天说应该提高生活素质，活得一天比一天更好。大家即刻反应："钱呢？""并不需要大量的金钱。"我说，"有时反而能赚钱。"

众人表示出"我不信"的眼光。

举一个例子。义兄黄汉民曾经教过音乐，上一次我去新加坡时和我聊起男高音，说目前的那三个，还不如姬利和卡鲁素。

我也赞同，小时受熏陶，也是那两位大师的作品，当年收藏的78转黑胶唱片已经不知道哪去，好久没听他们的歌，偶尔在收音机中接触罢了，想买几张送汉民兄，何处觅？

跑去尖沙咀的HMV找，好家伙，五层楼都是CD和VCD，男高音层属于经典乐部分，在顶楼，和爵士在一起。

一口气跑上去，唱片多得不得了，但客人只有我一个，一位年轻人坐在柜后，自得其乐地听交响乐。

看了一阵子，找不到我要的那几张，只好跑去问：“到底姬利和卡鲁素的歌还有没有人出唱片呢？”

“当然有。”年轻人带我到一个角落，纯熟地找了出来，“这一排都是。”

嘻，可多得不知要选哪几张，只好先挑些他们的代表作，较为冷门的歌剧留下次，慢慢听吧。

“你从小喜欢古典音乐？”我问。

年轻人笑摇头：“起先不懂，做了这份工慢慢学的。”

“现在呢？”

“少一点钱我也愿意干。”他回答。

“最大的愿望是什么？”

他又笑了：“储够钱，去外国听演奏会。”

种花、养鸟、逛书局、去乐器店，等等，都是让我们活得一天比一天更好的学校。

辑五

好的女人不会老，只会越来越优雅

好的女人不会老，只会越来越优雅

我常说："好的女人不会老。"

真的。她们愈来愈优雅，比俗气的女人年轻许多，也很难猜出她们的年龄，都停留在30左右，最多也就40。

曾经以流行曲来试探过：会唱披头士是一代，猫王另一代，法兰辛那特拉又是一代，懂得唱冰歌罗斯比的，已不敢去猜。

当然，那群特别喜欢老歌的年轻人又另当别论。还有父母爱听什么，也会影响到下一辈人的钟情。

品位能增加她们的魅力，像衣服颜色的配搭，令人看得舒舒服服。像不去深圳抢冒牌货，谈吐就不露出马脚；像不讲人是非，就不惹人讨厌。一般的女人和好女人，分别在此。

最容易老的应该是坏女人。她们由一个可爱的少女，瞬间就变成讲话滔滔不绝的老太婆。

内容贫乏，永远是某某人的老公和某某人的太太鬼混，等等，千篇一律。资料来自八卦杂志。最糟糕的是移民海外的女人，谈的还是过时的呢。

好女人种种花，欣赏些艺术品，恬恬淡淡，皱纹减少，真难看得出她们几多岁。

另一方法猜测也很准确，那就是看她们的英文名字了。

叫 Doris 的多数的父母是桃丽丝黛（Doris Day）的歌迷，这些人的年龄群应该在五六十岁，错不了。

叫 Sharon 的较为年轻，多数是父亲想莎朗·斯通（Sharon Stone）想得发癫。在莎朗·斯通之前很少女人叫这个名字，除了波兰斯基的老婆。

还有一个百验百灵的方法：掀开她们的头发，看她们的后颈。

后颈上还有些汗毛的，不会老到哪；没汗毛的，一定过三张。友人常用此法看夜总会的女人，相当没品。知道就是，何必拆穿？自己认为她们不会老，就不老。

有豁达开朗的个性和思想，才算才女

当代的才女，必须受过大都会的浸淫，上海、伦敦、巴黎等。用中文的，更非要在香港住过一个时期不可，这里是中国顶尖人物的集中地。

眼界开了，接触到比她们更聪明的男女，才懂得什么叫谦虚，气质又提高到另一层次，这是物质上不能拥有的。

去美国也行，但只限于纽约。当然，纽约不应该属于美国，它和欧洲才能搭配。即使不住纽约，最少也得生活在东部，像波士顿和新英格兰等，说起英语来，才不难听。

最忌加州，那边的腔调都是美国大兵式的，而且每一句话的结尾，全变成一个问号，听起来刺耳，非常讨厌，即刻下降一格。

除了这些大都会，非洲、中东、东南亚，甚至南北极，以及印度、尼泊尔，都得走走，学习人家是怎么活的，懂得什么叫精彩。

才女必须热爱生命，充满好奇心，在背包旅行年代，享受苦与乐。如果是由父母带去，只住五星酒店，也不够级数。

基础应该打得好，不管是绘画、文学、电影和音乐，都得从古典开始着手，根基才稳。一下子乘直升机，先会抽象、意识流、新浪潮和 Rap，以为那是最好的，就走入了歧途，永不超生。

时装虽说庸俗，但也得学习。尽看当代名家，不知道古希腊人鞋子之美，也属肤浅。首饰亦然，有时一件便宜货，已显品位。

爱吃东西，更属必然，这是生活最原始的部分，不得不多尝。试尽天下美味，方知什么叫最好，因为有了比较。这么多则条件，一定要有大把金钱撒？那也不一定，有了勇气，在任何环境下都能生存，从中学习。

说到底，最重要的还是了解男性。从书本上当然可以吸取，但现实生活中，多交些异性朋友，不是坏事。有了这种豁达和开朗的个性和思想，才能谈得上才女。不然，最多只是一个没有品位的女强人而已。

女人，要有自己把日子过好的能力

在东京影展，区丁平导演的影片得了几个奖，日本合作公司的老板大宴客，吃完还带我们去一家小酒吧。

进门，妈妈桑笑脸相迎，酒吧总少不了这些上了年纪的女人。好在，她身后是两位样子蛮漂亮的姑娘，二十年华，奇怪的是，长得一模一样。

“这是妈妈桑的两个双生女儿。”合作公司的老板解释。

“亲生的？”我问。

“亲生的。”

好一家人，由母亲带两个亲生女儿开酒吧，这倒是中国家庭罕见的。

妈妈桑一杯杯地倒酒，两个女儿忙得团团乱转，食物一盘盘奉上，并非普通的鱿鱼丝或草饼之类，而是做得精美的正式下酒小菜，非常难得。

酒吧分柜台、客座和小舞池三个部分。舞池

后有一个吉他手，双鬓华发。有了他的伴奏，这酒吧与一般的卡拉OK有别，再不是干瘪瘪的电器音乐。

起初大家还是正经地坐着喝酒和谈论电影，妈妈桑和两个女儿的知识很广，什么话题都搭得上，便从电影岔开，渐进诗歌小说音乐。老酒下肚，气氛更佳，再扯至男女灵欲上去，无所不谈。

两个女儿轮流失踪到柜台后。啊，又出现一碟热腾腾的清酒蒸鱼头。过了一会儿，再捧出一小碗一小碗的拉面。一人一口的分量，让客人暖胃。

“来呀，唱歌去。”妈妈桑拉了梁家辉上台。

家辉歌喉虽然不如张学友，但胜于感情丰富，表情十足，陶醉在音乐之中。再加上吉他手配合曲子的快慢，唱完一首情歌，大家拍手。

“遇到唱得不好的，我们不要客气，一定要把他拉下来，不然自己找难受。”我向双生女其中一个的姐姐或妹妹说。她是主人，不能得罪客，有这个机会，当然举手赞成。

好在下一个庹宗华，是个职业歌手，当然唱得不错。他来一首西班牙舞曲。大家拍掌伴奏。妈妈桑跑进去拿了两个响葫芦让女儿们摇，两姐妹开始唱歌，声线好得不得了，专选难度最大的歌来唱，已是专业水准。

妈妈桑又拿出些敲击乐器分给大家，女主角富田靖子得了大奖本来已很激动，现在更加疯狂地和区丁平跳着舞。

大家在兴高采烈时，妈妈桑忙里偷闲，坐在角落的沙发上。

“你是怎么想到开这间酒吧的？”我问。

她开始了动人的故事：“我们一家四口，过着平静的生活。我丈夫在银行里做事，很少应酬，回家后替女儿补习功课。吃完饭，大家看电视，就那么一天一天地，日子过得好快。忽然，有一晚他不回家，第二天影子也不见。我们三人到处打听，也找不到他的下落。接到警方通知，才知道他上过一次酒吧，就爱上了那个酒吧女。为了讨好她，最后连公款也亏空了，那女人当然不再见他，他人间蒸发。

“丑闻一见报，亲戚都不来往，连他的同事和朋友，本来常来家坐的，也从此不上门。

“整整的一年，我们家没有一个客人。直到一天，门铃响了，打开门是邮差送挂号信来。我们母女三人兴奋到极点，拉他到餐桌上，把家里的酒都拿出来给他喝，我那两个乖女又拼命做菜，那晚邮差酒醉饭饱地回去，我们三人松懈了下来，度过了比新年更欢乐的时光。

“邮差后来和我们做了好朋友，他又把他的朋友带来，他的朋友再把他们的朋友带来，我们使尽办法，也要让他们高高兴兴回家。

“没有老公和父亲的日子，原来不是那么辛苦的。

“朋友之中，有些也做水商买卖的。你知道的，我们日本人叫干酒吧的人为‘做水生意的人’。

“一天，我两个女儿向我说：‘妈妈，做水生意的女子，也不是个个都坏的。’

“我听了也点点头，女儿说：‘妈妈，靠储蓄也能坐吃山空呀。我们这么会招呼客人，为什么不去开家酒吧？’

“好，就这么决定，我说。把剩下的老本，统统扔下去。你现在看到的，就是了。和我们自己的家，没有两样。”

妈妈桑一口气地说完，我很感动，问道：“那你这两个千金不念大学，不觉得可惜吗？”

“她们喜欢的是文科，理科才要念大学，文科嘛，来这里的客人都有些水准，向他们学的，比教授多，比教授有趣。”妈妈桑笑着说，此话没错。

“那么她们的爸爸呢？有没有再见到？”

“有。”妈妈桑说，“他回来求我原谅，我把在酒吧赚到的钱替他还了债。其实当时也不是亏空很多，是他胆小逃跑罢了。但是我向他说，有一个条件，那就是他一定要去找一个能发挥自己一技之长的职业，能自己维生，再来找我。”

“他做到了吗？”

“做到了。”妈妈桑说。

“那么现在人在哪里？”我追问。

“那不就是他。”

妈妈桑指着伴奏的吉他手。

上进的女人，有力量改变人生

我们的旅行团，在日本用的巴士都是最好的，司机驾驶全无事故记录，费用高昂，但很值得。这种巴士都包了一名导游小姐，从上车到回酒店，讲解不停，又要依照客人要求唱歌，并非易事。

我们用熟的有两个年轻的，到东京调到东京，去大阪也要她们来客串，大家混得很熟，沟通起来方便。到这次去，不见了其中一名，她刚结婚，但也要出来做事的呀。

“是不是有了孩子？”我问另一个。

“不，不，她已离了婚。”

“那么快？不到6个月呀！”

“发现不对，愈早愈好。这是我们这一代人的看法。”她回答得干脆。

“怎么不回来？”

“她当肚皮舞娘去了。”

“肚皮舞？”我诧异。记忆中的她，没有魔鬼身材，面貌再过100年，也称不上一个美字。

“是呀！我也在学，当今日本最流行的了。”她说。

看看她，与另一个的意见相同，怎么可能又去跳肚皮舞？

“在什么地方表演？”我问。

“青山。你有兴趣。今晚送完客人，带你去？”

在一座商业大厦的地下室，传出剧烈的中东音乐，走进去，挤满客人，舞台上有六七个肚皮舞娘摆动着腰，衣着稀薄，但并不十分暴露，肚皮和大腿，尽在眼前，有个长发的，左右挥动，非常诱人。咦？那不是我们的巴士导游小姐是谁？

从台上望到我，向我挤挤眼，用手做个“等等”的姿势，她继续跳舞。我和女伴在酒吧前找个位子坐下，她也随着音乐在摇动身体，和平时看到的她不同。

音乐从快到慢，又由慢到快，舞娘们一个个支撑不住，走下台来，只剩下巴士小姐，愈跳愈猛，客人不断地拍掌喝彩鼓励，她用下半身向观众挑逗性迎桌，颤抖得厉害。

忽然，灯光全暗，一切停止。

重开灯时，看到巴士小姐用毛巾擦着汗，向我走来。

“你怎能跳得那么久？”我劈头就问。

“你以为当巴士小姐那么容易吗？”她说，“做你们的工作我虽然不必讲解，但是从出发到收工，你有没有看过我坐下来的？单是靠这种脚力，我已比其他舞娘强。”

“为什么要离婚？”

“结了婚丈夫的态度180度转变，对我呼呼喝喝，我问他说为什么，他说看到他爸爸叫他妈妈也是那个样子的。他不懂其他办法对我，给我大骂后他哭了，这时，我已认定他是一个永远长不大的孩子，我要嫁的是一个男人，不是孩子。”

“你从小就喜欢肚皮舞这门艺术？”

“不，有个晚上来到这里，看到我的一个邻居在这里跳，她不过是一个普通的家庭主妇，她能，我想我也可以。”

“那么容易吗，肚皮舞？”

“依印度舞的传统，当然很难，我们跳的是自由式，跟着音乐自由发挥。”

“客人会认为你不正统吧？”

“正统和不正统，很难有界限，一切要自然，要美，肚皮舞很多种，人家以为来源是印度，其实是中东人，即伊朗、伊拉克等地方开始的，后来又有了吉普赛人的方式，都是东抄西抄，没有多少专业的人看得出什么叫正统。”

“最难学的是什么动作？”

“摆腰最容易，会做爱的女人都懂得这个动作，豪放就是，够体力就是。摇动胸部最难，乳房是两团不可控制的肥肉。普通的女人都不知道怎么去动它，要把胸部一个向左转，一个向右转，可得学好多年才会。”

“也得要有点身材呀！”我说。

巴士小姐笑了：“开始，也有很多人向我说，你根本不是一块跳肚皮舞的料子，你太瘦了。没有的东西，我用下半身来补足。只要我摇得比其他人剧烈，观众就会服我。我当然不会自扮清高，如果你说肚皮舞是纯粹为了艺术而发明，那是骗你的。”

“为什么肚皮舞现在在日本那么流行？”

“主要的原因，是女人解放了。女人可以透过肚皮舞来表现自己，不必在办公室里替男同事倒茶。这个机会我们日本女人等了很久才来到，我终于能够脱下制服，让男人知道我在床上的话，可以多么犀利。”

我完全同意她的见解：“如果有香港的女人要来学肚皮舞，有什么门路？”

她拿出一张纸写了 MishaaJ 的名字。e-mail address: Cooumikahina@ybb.ne.jp。另一个是 Miho，http: //blog.1ivedoor.jp。还有一个叫 Akiko，www5.ocn.ne.jp。

“发个电邮去查问好了。”巴士小姐说，“她们都乐于教导，学费不是很贵，肯学的女人，会发现她们有力量改变人生。”

音乐又响，她向我做个飞吻，又上台表演去了。我祝福她。

我最喜欢的女人，是求进步的女人

认识 Amanda S 从做《品味》那个节目开始，之前听周中说，模特儿界中，个性奇好的有一位，就是她了。起初，觉得她的粤语并不灵光，说得太快她就抓不到，但我们又不能因为这样而拖慢了整个节目的节奏，正在发愁，后来发现，她的领悟能力一集比一集进步，而我最喜欢的女人，是求进步的女人，和她的沟通愈来愈多。

一起去拍台湾特辑时，到了乡下，她听到“巴布”“巴布”的声音，兴奋起来，冲上前去找。原来是雪糕车发出的，是她小时在台湾长大的记忆，她的普通话讲得比广东话好。有时，我们会用普通话交谈。

周中说得一点也不错，这个女人个性好到极点，从不在背后说模特儿界的丑闻，她的见解是：“私生活中很少和她们交往，工作时见面的时间也短，大家不会留下坏印象。”

“有什么不吃的吗？”我问。

“吃过之后才知道自己喜欢或不喜欢。”她说，“我们现在做的是饮食节目，你给我吃什么就吃什么。”

对于肥猪肉，她一点也不抗拒，最爱台湾的“割包”，一大块五花腩卤得香喷喷，夹着甜花生碎和大量咸酸菜，一吃好几个。

但还是能保持得那么瘦，细腰好像随时折断，是天生的模特儿材料，但她知道自己做些什么。她说：“总不能在四五十岁时还走天桥呀，我已定好一个方向，这十年来不断往目标去走。”

她的目标，是开一家甜品屋，当今实现了，“Petite Amanda”就在 IFC 的星巴克隔壁，很好找。

Amanda 起初是想先在铜锣湾开店，我也研究做优质米铺的生意，我和她一块去见那商行的主管。对方是个日本人，也不知 Amanda 是什么人，看了她的背景资料之后，老不客气地问：“模特儿，和甜品搭上了什么关系？”

“一点关系也没有。”她中肯地回答，“但是这个知名度让我打开很多门户，四季酒店中的法国餐厅 Caprice 有一位我尊敬的甜品师傅肯收我为徒弟，在他那里学习了一段很长的时间。”

“做做学徒罢了，甜品还是需要基础的呀。”对方怀疑。

她点头：“所以我又跑去巴黎的蓝带学校，专攻甜品。”

“学费不便宜呀，加上住宿，你家里很富有吗？”

“过得去，但我从来没有用过他们一分钱，来香港做模特儿也是从低做起，赚到的，够我在法国的开销。”

对方已经哑了，这是几个月之前的事。在这段时间内，她一面做模特儿工作，一面默默地组织一个中央厨房，又花重金从巴黎请来两位法国师傅，来补她的不足。

要知道，所谓的French Bakery包括三个部分：甜品（Pastries）、面包（Bread）和甜面包（viennoiserie），由那两位法国师傅和一位中国师傅主理，她本人则负责一切的设计，四位配合，才完美。

两位法国师傅又和Amanda一起去参观了Hofex的展览，她和师傅们去找厨具，像带着两个孩子，由一个瘦弱的小女子，变成一个严肃的母亲。

之前把产品试了又试，店的装修又要跟进，Amanda 一天只能睡四个小时，见到她时，手腕炙伤多处，真是又可怜又敬佩。是的，她将是一个成功的老板娘。

优雅的女子，只剩下自己时才不化妆

年轻时常被美丽的明星包围，干的是电影事业嘛，免不了的。

别人好生羡慕。

其实和电影明星在一起是件苦差事，在水银灯下欣赏她们的美貌，私底下迫着要看到她们卸了妆的丑态，很受不了。

拍外景或到外地去做宣传时，一有空暇，这群女子便大大咧咧地洗完脸跑出来。

哇，怎么都是脸青青的？也许是每天化妆化得太浓，脂粉中的铅质袭透了皮肤，脸上一块块的瘀黑斑纹。令人作呕。

眉淡了，眼睫毛也不见，这些人怎么个个都是蒙猪眼？神奇胸罩除下，身材更平平无奇。

当然，其中也有些不化妆比上镜更好看的例子，但毕竟是少数。

我一向和女明星保持一个距离，也并非清高，只希望她们别让我看到真面目。

化妆除了是职业所需，也是一种大都市的社交礼仪，和不是很熟稔的人在一起，淡淡地擦半层粉，也应该吧？

公众场合下，明星应该化妆的，但时常看到什么表演的彩排，她们就死都不擦一下粉，难看到极点。

女人要是完全不化妆，也显得自然，看惯了还是舒服的，更给人一种不食人间烟火的感觉。

很佩服从前女子的优雅，只剩下自己时才不化妆。她们总是在别人睡后洗脸，身边人起身之前已略施脂粉。

家母，数十年来她还一直保持这个好习惯。

一般女子经常化妆，下班后洗脱，干干净净，就没有女明星的毛病。既然做了演员，便要终生扮演一个自己的角色。人生毕竟不是一部恐怖片，希望她们能有点礼貌，不再以演摄青鬼时的姿态出来吓人。

清清秀秀、干干净净的，都是美女

看美女是我的职业。

像当店的学徒，起初，什么都不懂。做学徒怎能升为老师傅？很简单，将货比货。好的和坏的一比，当然知道是头等、次等。久了，便成为专家。

现在看女人，一眼望去，从头到脚，仔仔细细，绝不遗漏。

换个长镜头看特写，割过双眼皮，弄高了鼻子，装了下巴，或是本地手术，还是在东洋开刀，即能分辨。

隆胸也不难看出，要是对方肯露一点点的话。隆了胸的女人，绝少不了展示一番的，多数形状就不自然，最明显的例子是，躺了下去还是挺着的。

腰不能假，目前流行的露脐装最能暴露缺点。女人腰一粗，即打折扣。

修长的腿即增分数，腿也不能做手术，从前

有个日本整容医生说过："要是我可以在腿上做功夫，早就发达。"

屁股就骗人，现在有种厚得不得了的底裤来伪装臀部。

时常有人问我："你认为最漂亮的女人是谁？"

我不敢回答。怕得罪天下自以为美女的雌性动物。

长得清清秀秀、干干净净的，都是美女。只要看得舒服的，都是绝品佳人。

这种女人，多数是你的母亲。老婆看来看去，总觉平凡。

丑女人当中，只要有可爱的个性，看得多了不生腻的话，都能变为美女。尤其是当你生病的时候她勤加照顾。

被公认为最漂亮的女人，接受访问的话，答案全是一样："我最美的应该是我的气质、我的性格。面貌只是一部分我妈妈，一部分我爸爸。你称赞我漂亮的地方，完全不是我自己的东西，有什么可以值得骄傲？"

丑女人听了，做人应该能更自信吧。

嫁个有钱人，不如自己当个有钱人

嫁个有钱人，一般女子都那么想，连歌星艺员，也千方百计，想嫁入豪门。有钱人，那么好嫁吗？答案是肯定的。最好能嫁个有钱人，后半生不必忧愁。你说不好！有钱有什么用？那都是虚伪的话。

可是，这么说，是有条件的，条件在这些钱，一定要男人自己赚回来，如果是他老子有钱，那么不如做他老子的狐狸精，也千万千万别嫁给这种二世祖。

统计有钱人的儿子，多数是被宠坏。嫁了他们，悲惨收场居多。请你把旧八卦周刊重读，就会发现一百对夫妻之中，能够白头偕老的，只有九十五对。

出身平凡的你，嫁给我儿子，有什么目的？还不是为了我们家的钱！这是有钱父亲的第一个反应。

第二，有钱人并不满足，他们希望更有钱。所以养了一个儿子，如果他能娶到一个也是有钱人家的独女，那么她父母死后，钱不又是我们家的吗？别以为粤语残片才有，当今富有家庭，还是围绕着同一观念。

第三，有钱仔从小玩具多，一久生厌。讨老婆，也是一样的。生了几个子女，你的身体各部位都松懈，哪比得起用各个紧紧部位来讨好客人的妙龄女郎？

旧社会还好，嫁就嫁，想那么多干什么？新的不同：你不想，人家想。当今的闹离婚可是家产一半的损失呀！一辈子辛辛苦苦赚来的，死了留给儿子没话说，才嫁来几年，就要分她一半？开什么玩笑嘛？对了，先让你在律师楼签张纸，说明不分给你。什么？你不肯签？那么你嫁给他，目的还不是为钱？

算了算了，嫁给有钱人，不如自己当有钱人。

女明星们，其实也是凡人

银幕上的佳人，是天衣无缝的，是完美的，化妆、灯光、摄影角度下，她们永远是你的梦中情人。

亲眼见过的女明星中，真人倒并不是在镜头中那群仙女，她们也是凡人。

还在念书时，伊丽莎白·泰勒和她的丈夫米高·铎来新加坡宣传他监制的新片《环游世界八十日》。

机场中挤满了各报的记者，大热天下，伊丽莎白显然不耐烦，但她刚新婚，又初临该地，不得不做出欢容。

近看之下，她那层厚厚的化妆盖不住脸上的雀斑，手臂上的皮肤也相当的粗糙，当然，她那时的身材还是第一流的，腰很细，不过腿是短了一点，记得和我一比，矮了一个头以上，只到我头下那么高吧。

二十年后，她到邵先生的别墅做客，只见过

她一眼，已是个臃肿肥胖的老妇，听说她还喝酒喝得糊里糊涂。不过最近看她的照片，又瘦回了，还略有年轻时的一些影子。

在新加坡还看过占士·邦戏的女主角乌丝拉·安得丝（Ursula Andress）。

她在海滨拍戏，印象中，她的颧骨特别高，太阳在脸上两个大黑圈，肩膀也来得宽阔，背后看去，活像一张麻将桌。

穿得密密实实的她，记者要求她以泳装示众，拍几张相片，乌丝拉听了不悦，这我也能了解的，何必为你们这群家伙脱衣呢？这一来惹怒了西报记者，翌日以刻薄的大标题说：ANDRESS REFUSED TO UNDRESS。《安德丝（谐音脱衣），拒绝脱衣》。

一致被香港人公认为美女的珍·丝摩也不见得特别好看，《时光倒流七十年》这部戏处处碰壁，只有在香港成为上映最长的西片。

珍·丝摩本人也很矮，说起话，笑起来，嘴还有一点歪，看得出她有一副假牙，可见外国的牙医，技术也不见得高明，或者是她不肯付多一点钱也不一定。

电影拍摄前她化妆化得很久。经验老到地望着摄影机镜头的倒影，注意自己是否完美，还不时地和摄影师、灯光师商量，这样好不好？那样好不好？

有一位身高六英尺的黑人明星叫达玛拉·杜逊，她来香港拍《黑金刚大战狂龙女》时，我差不多每天和她见面，足足有两个多月。

黑人女人的皮肤，比端砚还要光滑，达玛拉长得相当漂亮，尤其是不化妆的时候，更是一个大美人。

错误的印象是黑人都有体臭。时装模特儿出身的她，很会保养自己，一直保持干净，不但毫无臭味，略出微汗，还有一股异香。

达玛拉的毛病是自卑感太重，变为无尽头的自大狂。在片场拍戏，她要求定做一张椅子，比导演的还高。

后来臭脾气越来越重，迟到早退，什么坏事都做尽，搞到我们当制作的人头痛不已。最后只有出绝招，叫几个比她更高大威猛的武师排戏的时候，打了她几拳，她才乖乖地拍下去。

演反派狂龙女的是史蒂拉·史蒂芬，她曾在

好莱坞红过一时，大家也许会记得她演过的《海神号历险记》。

在香港拍戏时，她有一个发型师兼经理人兼男伴的嬉皮士跟着，这个人身上都是各种各样的丸仔，还有大量的大麻，不知怎么让他偷运进来的。史蒂芬当年只有三十岁，大乳房已经下垂，不穿胸罩荡来荡去，她满嘴粗口，“发发”声的，但性格开朗，讨人喜欢。

偶然的机会下也遇见过英国的苏珊娜·约克，她还是怀春少女，在外景地埋头写情书，后来她也进攻好莱坞，和伊丽莎白·泰勒演过对手戏，但总红不了。几年前她拍过一部疯妇杀人戏，露胸露毛，已不堪入目。

印象最佳的是格丽丝·凯丽，她和雷奈王子一块来参观邵氏片场的时候已经有四十多岁了吧。她穿了一套粉红色的名牌，但已遮不住那发胖的体型，不过脸部还是那么美丽、高贵、安详，和她演《后窗》时不无两样。

大热天，加上片场的几十万火灯光，许多旁观者都要求和她拍相，不是件舒服的事，但她没有拒绝，一一耐心地微笑，我当然也想和她合照一张留念，但无论如何，都开不了口。

前年东京影展，《目击证人》（WITNESS）的女主角凯丽·姬丽丝也来参加。

经制片介绍，我们谈过几句，发觉她很高，至少有五英尺十英寸以上，并没有穿高跟鞋，她的眼睛有一点毛病，眼珠可以分开左右眼角，中间留白。

《目击证人》里她演的清教徒美得令人气窒。目前一看，是一个极为普通的女人，不像明星，倒似奥运选手。

比凯丽·姬丽丝还要高的是苏菲亚·罗兰，有一年在罗马的特艺七彩冲印所见过。

罗兰说话时带意大利人同一手势，握着五指，向自己的唇上一吻，强调哪一家餐厅的东西好吃得不得了。

她本人眼大、鼻大、嘴巴大，唇特别厚，半夜出现，包把你吓得掉头就跑。拜好莱坞的技巧，银幕上的她，是那般的美艳，连男主角站在她身边，也不觉她高大。谁会想到，在和矮仔明星亚伦·列特演对手戏，两人在沙滩散步时，工作人员挖了一条深渠，让她与男主角并肩而行的苦心？

这世界哪有什么剩女

亦舒又在另一期的《明报周刊》专栏中，写了一篇《感情》，提到我说过："所有感情的烦恼，都因为当事人爱得不够。你若爱他，不会遭遇第三者，不会分居两地，也不会认为爱上不该爱的人。诸多踌躇，均因爱他不够，爱自己更多。"

我说过很多关于感情的话，已不记得，好在亦舒提醒。但感情事，也会因时间而变，你虽然有过金玉盟，一旦对方已经变成了另一个人，那么这人也成了可以取舍的。因为你的承诺依旧，可是对方已经不是当初那个人。离开了，是可以谅解的。

至于文章中提到把年纪大了还未婚的女人称为"剩女"这回事，我也同意观点是无知的。当今是什么时代，不结婚就不结婚，结了婚也不代表是完美，有什么所谓剩与不剩？

问题是克服自己的心魔，人家说你，你就自

以为是剩女，那么，神仙也救不了你。要是你不管其他人的批评，你才是一个真正的自由人，一个好的女人。我身边有很多这种好女人，她们有空了就去旅行，探望远地的老友，爱读书，喜欢看电影。这些精神伴侣，都比一个坏老公强得多。

我尊敬她们对不结婚的态度，不被世俗捆住，不向制度低头，而婚姻，是一个极野蛮的制度。我们都是动物，动物之中没实行一夫一妻，你虽然说人类的智慧，高于其他动物，所以婚姻制度才产生，但另一方面，高度的智慧，也因某些统治者造成了一种非常不合天然的道德水准。而这种水准，因时代而变。你如果是古人，一妻四妾；你要是生长在国外某些民族地区，一妻多夫，也是自然的事。

我一向认为，一夫一妻是一群性能力很弱的卫道者想出来的，他们连一个人也应付不了，所以创造出这个制度来保护自己。

谈到性，似乎对亦舒不敬，她从来不提，不过在近作中，描述把男人换了又换的剩女，趣味性极高，推荐你一读。

人生最好的经历是旅行

友人徐胜鹤拿了一本我谈旅行的书，要我签名送给一个日本女人。

“干什么的？”我问。

胜鹤兄说：“是一个从前在免税店做事的朋友，也当过我公司的导游。30年前，她从横滨乘船出国，当年有两条法国邮轮，‘越南’号和‘柬埔寨’号穿梭东南亚。”

“我记得。”我说，“我也是从香港乘‘越南’号经神户到东京的。”

“她反方向地从日本出发，本来准备经新加坡、西贡再到法国马赛的。船到了香港，停在海运码头三天，她下船到弥敦道上的金冠酒楼去吃了一顿饭，即刻对中国的美食发生兴趣。饭后散步到加连威老道的水果摊，看到一粒大芒果，从来没有见过，掏出一堆钞票给卖水果的阿婆选出几张。阿婆见她信得过人，教她怎么剥皮吃芒果。

这一下子可好，她大喊天下竟有如此的美味！就那么弃船，连法国也不去了，住在香港，一住就住了30年。”胜鹤兄一口气地将整件事告诉我。

对这个女人大感兴趣，请胜鹤兄约她星期五在尖东的东海酒楼饮茶。

一位端庄贤淑的太太准时出现，自我介绍后坐下。

我开门见山地：“30年前日本人出国的并不多，你怎么会单身去旅行？”

“为了失恋。”她斩钉截铁回答得清清楚楚，“我爱了他那么多年，怎么想到他拒绝了我，真是一个很大的冲击。”

“为什么选择法国？”

“当年日本人都羡慕法国人的浪漫，一提到旅行，第一个想到的就是巴黎。”她解释。

食物开始上桌，我请客，叫了很多东西，当然有虾饺、烧卖、排骨、腊味饭和例汤，等等。

见她将凤爪细嚼，鸭舌头也吃得津津有味。看人家吃饭，真开心。

“在日本哪有这么多东西吃？”她说，“一个面豉汤，下点豆腐或者蚬仔，已经算是很丰富的了，我到现在还是不明白他们为什么把面豉汤当宝。"

"自己会做菜吗？"我问。

"岂止做菜，我还会煲汤呢。"她自豪地说，"用响螺头，煲杞于淮山，加只老鸡，不知道多甜！那些汤渣我本来都吃光的，但是我老公家人说只要喝汤就行，响螺头肉切成小片拿去喂猫，多可惜！"

"你很例外，有些日本人什么都不敢吃，鸡脚鸭舌，他们认为是下等物。"我说。

"那是因为他们又穷又自卑。"她说，"人一穷，只吃几样东西，其他的没机会试，当然不敢吃。不敢吃，就轻视吃的人，那是自卑感变成自大狂。"

"你多吃点。"我夹菜给她。

"日本男人哪肯这么做。"她道谢后说，"女人也好不到哪里，省吃俭用，买皮包就一点也不吝啬，不是CHANEL就是LV，门面功夫做得十足。"

"最近有没有回去过？"

"上几个月去了一趟，也没有听到亲戚朋友们提起吃一顿便饭。谁稀罕吃那些吃来吃去都是那几样东西的日本菜呢？"她愈讲愈生气，"我住了三天就想回来，到最后还是我老公劝我多留一个礼拜。”

“什么国家，都有一些好人，一些坏人吧？”我说。

“是的，也有一些好人，不过一般上都很假。拼命鞠躬，都不是出自真心真意。”日本人说日本坏话，说个不停，真是个活宝。

“先生呢？”我问，“是广东人？”

“唔，当然不嫁日本人。”她说，“其实也不是正式的老公，同居罢了，单身女人来到香港，要留下也不容易，后来经朋友介绍，和一个香港人假结婚，离婚手续办了三年，烦都烦死我了，还结什么婚呢？现在的这个男人有子女，我当他们自己生的，还帮忙抱孙呢。”

“几十年一下子过，真快。”我也感叹。

“真快。”她说，“想到那粒芒果，像昨天的事，金冠酒楼的菜真不错，现在的厨房做不出了。那家餐厅还铺了地毯，日本平民化地方哪里有那么好的装修。还有经过海防道，当年有一排排的大排档，看到客人坐在长凳上的小椅上，怎么不会跌下来？我也挤上去吃。苦力们看到一个年轻女人肯和他们一齐吃，也都来和我聊天，那种感觉，真好。”

看现在的样子，可见当年也是一大美人。我问：“人生走了这么一大段路，最好的是什么？”

“最好的肯定是旅行。”她回答，“我最爱看的就是你的旅行节目。”

“那个抛弃你的男人，还有没有见过？”我问。

她笑了：“来了香港几年后，我专程回日本一趟，约他出来喝杯咖啡，我看到他的领带打的结上面有油渍，他穿的鞋子，鞋跟磨掉了一边。我高兴得叫了出来，我幸好没有嫁给他！要是我不出来旅行，我永远看不出他的缺点，也永远看不到自己的缺点，你说旅行多好！”

好女人遇事总往好处想

和一群旧同事聚会，各个都儿女成队，有些还当了祖父祖母。

“妈，我要买和叔叔同样的那套西装。”儿子请求。

“不行，”妈妈拒绝，“你们年轻人，不可以穿得那么老成。”

“儿子要，你就买给他吧！”在一边的老爸看得不忍心，代儿子请求。

“什么时候轮到你发表意见了？”老母大喝。

做爸爸的即刻变成缩头乌龟。

看这个妈妈，嘴唇极薄，双眼露出凶光，腰线发胀，一身名牌，污辱了设计家。

何时开始，变成这个样子？我认识她时她刚从学校出来做事，小鸟依人，嘴唇厚得性感，永远甜甜地微笑。穿着普通牛仔裤，身段引诱着周围男士，露出的小蛮腰，令人恨不得一把抓住。

拍拖的日子里，她对这个男人千依百顺，偶尔他忘记了她的生日，在办公室中投进我怀里，哭得伤心，只有代那男人请她烛光晚餐。

丰子恺先生说得对，人的变化，是一秒秒地逐渐进行，身边的人每天看，不觉察。久不见之，则吓一大跳。

什么情形之下造成这种不可爱的性格呢？我想一切是由女人的天性开始。

原始的母系社会中，女人已经不断地主使男人的命运。再进化，也改变不了，就像蝎子一定要叮死人一样，不管男人对她们多好。

精力是一点一滴凝成的。女人的忍耐力特强，她们不停斗争，不放过一分一秒，所受的委屈，变成最大的武器。男人一同情，她们就打蛇随棍上算计得到赔偿，做的分外要求，男人也答应了。

唠唠叨叨地死缠烂打也是她们的刀剑，在男人筋疲力尽时，她们养足精神，向你疲劳轰炸，到最后，男人总得投降，不是怕，是烦。

儿女是囊中物，成为女人的管治区，不听话就不得好受。渐渐地，儿女只有等到青春期，才爆发出一场不可收拾的叛逆。在这之前，只是小奴隶。

好了，女人已经统治了她们的小小王国，非向外扩充不可，儿女的同学，看不顺眼的即刻下令绝交。丈夫的亲戚朋友，对她们略有不敬，就是死敌，一个个消灭。

消灭方法只有一个，就是不停地说对方的坏话，这个人的衣服多无品位，这个人对他的太太不好，我怎么知道，是他太太亲口对我说的呀，这个人……

今天听一回，明天听两次，久而久之，唉，这个老友，也的确不长进，对我也没有我对他好。我太太说得一点都不错：你请客时，有没有看过他争着付钱？男人是单纯的，很容易中毒。

孤立是最好的办法。丈夫和儿女没有了外间接触，当然要靠剩下的我，女人那么计划。

打起仗来，女人的兵法比孙子还要厉害，到最后，她们以为已经统治了天下。

如果这个时候你遇到她们，只有以笑脸对之，但你一转身，她们在床上问丈夫，这个人有什么目的？

千万别得罪这个时候的上司太太，她们的想

象力足以毁灭你的前途，最后防守线只有一条，那就是尽量避开。

但是避开也要避得很有技巧，不然一被察觉，便引起她们来分析你是敌是友的兴趣，友情，在她们的字典中已不存在。

她们会叫丈夫再请你到家里吃饭，或者组织外游让你参加，也许会吩咐一点有关她们的事给你去做。你的一举一动被放在显微镜中，行差踏错即判死刑。遇到这种情形，避也避不了，只有[illegible]怨八字和她们相冲，快点转工换职吧。

这一类的女人有一个敌人，她们的[illegible]惯母亲的行为，必受影响，到最后由她[illegible]欺负老娘。不过最致命的还是她们自己[illegible]的寂寞。

在我的一生，碰到[illegible]颇多，战役重复又重复，又[illegible]对付她们的兵法来。

[illegible]之道，治其人之身，是最完美的报复。男[illegible]以为男人不会造谣，说起女人的坏话，能力不差，滔滔不绝的毁谤，发表在文字上，又能生财，何乐不为？

“难道每一个女人都一样的吗？”女友问，“那我应该警惕警惕，老了之后才不会像巫婆。”

“当然有例外的。”我说，“你就是例外。”

骂女人的文章，有一条黄金规律，那就是一定要说有例外。女人听了，都以为自己是例外，不然会群起来围剿你，那可不是闹着玩的。

好女人、好太太、好母亲，还是有的。这是上帝赐给的，让她们少了一条筋，这些女人永远往好的方面去想，也很容易满足，一直嘻嘻哈哈，她们已经不是女人，变成男人，没有了尾巴中的毒素。

丑人多作怪，死八婆个性的女人还是不少，她们非常可怕。但是最最可怕的，并不是女人，而是像女人的男人，说起话来只见下边牙齿的居多。

骂女人的另一条黄金规律，就是先骂男人。

辑六

要整容，不如先整心

要整容，不如先整心

看到新加坡的一则消息，有个叫沈罗连的医生拼命替女人拍照片，从 18 岁到 40 岁，已经拍了 10000 个。

沈医生是为了他的职业而这么做的，他是位整容专家，但是要求女人让他拍照时还是有困难的，他说："她们带怀疑的眼光看着我，把我当成色狼。"

好在，有个女实习医师帮他的忙，先代他搭路才顺利地完成任务。他认为把新加坡女子的面貌综合起来，找出一个理想的样子，好过模仿西方女人。

"我们的女子双眼之间隔得太开，"沈医生说，"鼻子太大又太扁，额头太凸。但是这些缺点调和起来，还是有东方味道，如果根据洋妞去改，反而是四不像。"

一般上，新加坡人认为电视明星郑惠玉的样

子相当的理想，但是能有多少个郑惠玉呢？稀少才觉得珍贵呀，大家都像郑惠玉，那么新加坡人就会欣赏那些额头小、双眼间宽、鼻子大的女人了。我认为自然还是可爱的。

沈医生有不同的见解，他说："其他的整容医生对双眼太宽的解救方法是把鼻子弄高，将鼻孔改窄，但这么做便不像一个东方女子。我的方法是将鼻端弄得更尖。"

哈，尖了还不是那个鬼样？

整容的女人，是没有自信心的女人。整过之后，一生便永远戴个假东西在脸上。何必呢！而且整失败的话永不翻身。如果成功，那更糟，会上瘾的，这里整整，那里整整，又跑出个黄夏蕙来。

美，的确占便宜。但是短暂得很，不会做人的话，一下子便令人生厌。有些女人一看平凡，但是愈聊愈觉得她们有味道，这完全是脑筋问题。

把钱花在增广学识上，或多旅行令心胸广阔，这是基本。要整容，不如先整心。

手提包，看出女人的个性

女人提着手袋，不但方便，而且是个身份象征，所以名牌厂赚个满钵。

可怜的是这个手袋，上餐厅时不知放在哪里，甚碍手碍脚，一个时期，还发明了一个铁钩，让女士们挂在桌边。

但是女人生性贪心，手袋中东西愈装愈多，铁钩不够力，也就扯直了，皮包“吧嗒”一声掉了下地。有时又给侍者撞一下，掉下去时像天女散花，口红、粉盒、香水、卫生巾、避孕丸跌得满地通红。

所以，女人便把手袋放在身体和椅背之间，吃那顿饭，是多么不舒服的一件事！

既然同样不舒服，就来一个背包吧，一方面又可以返老还童地重做学生，一方面又可以模仿日本女子的和服。当年还笑她们挂一个包袱呢。现在跟着，有什么话说？

“你们找手袋中的东西，”我常问她们，“是用眼睛看的，还是用手摸的？”

如果答案是前者，那么这个女人是理智型的，很冷静地做人；要是用手摸，则多数是感情用事。这个推测很少出错，你们自己分析自己的性格，就知道我的观察差不了多远。

手袋中有些食物的女子，是热爱生命的；她们爱吃东西，又没有时间进食，更是任性地想吃就吃，非常可爱。

女人拿皮包，要不就是大的，愈大愈大方；要不就是最小的，小得像个绣花荷包也很文雅。中中间间，不大不小的，代表这个女人的个性纠缠不清，受不了。

很想看看女人的手袋中装了什么东西，但这是私隐，绝对不能侵犯。

女人也应该尊重这个游戏规则，就算几十年夫妇，也不该偷看。

“非看不可！”女人宣布。男人如果无奈，这时候，他已不是一个人。他变成了女人的手袋。

烦恼减到最少，最好

到东京去参加一个烧菜的比赛节目，当评判。

日本人很热衷搞这一类电视节目，非常受观众欢迎，每周有四五个定期的，每个都1小时，最长寿的还一做做了6年。

由电视台选出三个大师傅，分日本菜、法国菜和中国菜，称之为“铁人”，再让其他著名的餐厅的总厨前来比试，称之为“挑战者”。主题的材料，是鱼或肉，双方事前都不知道。

“这次的挑战者你一定会喜欢。”编导遇到我时，笑嘻嘻地向我说。

“身怀绝技？”我问。

对方摇头。

“是个美女？”这次错不了吧。

对方还是摇头：“别心急。”

有什么大师傅没见过呢？作什么神秘状？

音乐大响，三个“铁人”由舞台下升起，这厢，烟雾之中出现了挑战者，一看，是位清秀得不得了的尼姑，30岁左右。

节目主持人把布掀开，露出此回比赛的主题材料，是腐竹，虽说很公平，但也事前安排好，不然出现的是肉，怎么收场？不过，日本僧尼，并不斋戒，会烧肉也不出奇。

挑战者由三名铁人之中选一位来决斗，她挑了做日本菜的“铁人”，细声说：“我做的也是日本料理，如果选法式或中式，就难见高下。”

要在一个小时之内，各做几道菜来让三名评判员吃，“铁人”抢先一步，踏上舞台拿了很多干腐竹，挑战者则一动不动，先把矿泉水倒入大锅中滚。

不只观众好奇，连我们当评判的都想知道她的葫芦里卖的是什么药。讲解的司仪拿着麦克风去访问她，挑战者说：“腐竹要新鲜的才好吃。”

说完把大豆放进搅拌机磨浆，用个两层的锅，下面的锅烧开水，上面的放滚开了的豆浆蒸着。

才那么短短的1小时，来得及做出腐皮来吗？我们都替她担心。

“铁人”已将干腐竹用水浸开，加鱼子酱、鹅肝酱和法国黑菌，又煎又煮又炒，手法纯熟地准备了五道菜。

那边挑战者拿了松茸在小灰炉上烤，清香味道传来，她细心地用手把松茸撕成细丝。

时间愈来愈紧迫，铁人气喘如牛，加上不断地试食热菜，上身汗水湿透。

挑战者从容地按部就班，食物不沾唇已知味觉，头上不见一滴汗珠，僧袍不染菜汁。

豆浆表面冷却后凝成一层层的腐皮，她用绿竹签挑起，有些就那么抛入冰水中。其他配料已经准备完毕，就等这最后的过程。

“叮”的一声，1 小时很快地过去，双方停手。

轮到我们评判登场，摆在桌上的菜，“铁人”做了五味，挑战者只有三味，加碗饭，一小碟泡菜。

“铁人”的腐竹有了鱼子酱等高贵的材料配搭，色香味俱全，的确精彩绝伦，评判都觉得满意。

至于挑战者，第一道是前菜，只见碟中一堆腐竹，试起来香味扑鼻。原来是将鲜腐竹切丝，和撕开的松茸掺在一起，颜色略同，看不出其中奥妙，吃了才知。

第二道是将鲜腐皮炖了，加入乳酪和荷兰豆及胡萝卜丝，甜味来自香菇汁。

第三道是清汤，用大量的黄豆熬好当汤底，漂着炸过的鲜腐竹，上桌前摘菜心的小黄花点缀，漆器的碗本来应该是黑色的，但碗底再铺上一层腐皮，像件瓷器。

白饭煨成之前用荷叶当锅盖，呈翡翠色，掺着的黄色饭，原来是用鲜腐皮搓成的米粒，泡菜是高贵的紫色，用茄子汁染的切片腐皮卷，淋上柚汁。味道清淡之中，变化无穷。

评分表上，我给挑战者满分。

结果发表，“铁人”赢了，兴奋地举起双手答谢观众的掌声，挑战者保持笑容。

事后，在休息室的走廊抽烟，挑战者迎面而来，轻声地向我说：“谢谢你，只有你帮了我。”

“做僧尼的，不应该注重胜败。你为什么来参加这种比赛？”

我见她外表脱俗，可以直问。

“这个节目本来就是一场游戏，你的分数公正，但其他两位日本评判是常客，如果‘铁人’每次被打败，节目怎么做得下去？我就有心理准备，来玩玩罢了。”

“尼姑也可以抛头露面？”我问。

“我们日本的佛教教条比较入世，不会被人骂的。”她解释。

“尼姑也是人，偶尔玩一下，不伤大雅。”

“为什么你会剃度？”我又问。

挑战者惨淡地微笑：“我们的寺院庵堂，住持都是世袭的，僧尼也都可以结婚生子。我哥哥怎么能主持庵堂？只剩下我，唯有这条路可走。走一走后也清静可喜。我从小对烹调有兴趣，就在庵堂开一家素菜馆。”

“那你有伴侣吗？”我想问她有没有丈夫，但还是选择这字眼恰当。

“有些事，不做比做好；有些问题，不答比答好。烦恼减到最少，最好。”她合十。

我目送她的背影走远。

男人不怕官，只怕管

“不怕官，只怕管。”男人说。

男人不怕官绝对有理由，因为只要他们按期交税，开车不要开得太快，做官的怎会来烦他们呢？

要管男人的不是官，是女人。

女人一没事做，就想到要管人，她们从小要管父亲：“爸爸，不要抽那么多烟！”

她们从小要管母亲：“妈妈，不要打那么多麻将！”

到了学校，她们向老师打小报告：“Madam（老师），伍志强又在偷看连环图！”

回到家里，她们要管弟弟：“爸爸妈妈说，要是你不好好读书，就不能出人头地。”

哥哥在看电视，女人走过来把它关掉。做人的哥哥，已经开始察觉到女人的讨厌。

但是，这个时候，女人本能地发挥情感的抗

生素，她们会说："你整天工作，那么辛苦，回到家就应该好好休息，这一切，都是为你好。"男人听了只好屈服。

在女人的一生中，只有一个很短暂的时期，会忘记管男人的天性，那就是她们初恋的时候。

这时，男人说的一切都是美好的，一切都是对的，她们含情脉脉地望着你，依偎在你的怀里："你说什么，就是什么。"

但是，送给男人的一个幻觉一刹那就过去，只要男人爱上她们，女人已经技痒："我看还是照妈妈的意思，把婚礼弄得隆重一点吧！"

从此，她们侵入男人的保护区，一大巴掌打到男婴的屁股上："叫你在地上小便！"

推醒熟睡的丈夫："喂！明天叫装修师傅来看看房子！那堵墙的颜色难看极了！"

连锁性的命令，通常包括："多穿一件衣服！"

"那件蓝色的西装比较好看！"

"不！我喜欢本田汽车！奥迪车有什么好？"

女人将管人的本能推到最高境界，直到有一天，她的好女儿接过棒来，向她们说："妈妈，不要打那么多麻将。"

现在才明白为什么有那么多男人喜欢头脑少了一条筋的女子。她们柔顺，她们笑嘻嘻地不发表意见，她们只会整天吃喝玩乐罢了。

有时，你看到英俊高大的男人，身边有一个很平凡的女伴。不为什么，因为她们不会管男人，道理就那么简单。

女人最大的毛病

女人还有一个最大的毛病，那就是喜欢替别人安排一切。

小时候，她们很自然地学会替弟妹安排起居，穿什么衣服，读什么书，几时起身几时睡觉。眼睛能见到的事，或者预测会发生的事，她们都一一安排。

大了，这个习惯改不了，便一定要操纵她们丈夫的命运，这是她们认为最伟大的责任。

“吃那么多煎蛋，小心胆固醇！”

她们把女佣做的早餐收起来，给你一碗麦片。

“中午回家吃饭。”她们决定，其实心中是怕丈夫找午妻。

“晚上不要那么多应酬！”丈夫乖乖地吃完晚饭后看电视。

“明天一早就要起身，别那么迟睡！”她们把电视机关掉，穿着廉价的透明睡衣。

到了第二天，她们再把麦片换成淡而无味的白粥。这一个环，没完没了地锁着她们的丈夫，永远地安排着一切，在男人来看，安排已经是变成不能忍受的管束，但女人不会了解。

女人连公事也替丈夫处理："你向老板提出加薪嘛。"

"我说不出口。"男人嗫嚅地。

"你这么向他说，你说……"女人喋喋不休。

从此，女人一开口，就是："你这么向他说，你说……"

女人以为男人已经没有脑袋存在，一切都要她教导："你这么向他说，你说……"

丈夫还是忍着，脑中幻想怎么把这个婆娘扼毙，但还要装出全神贯注地，久而久之，生了个瘤，卖咸鸭蛋去。这些男人，一向比老婆早死，因为这是唯一的解脱。

女人悲哀，不是因为丈夫死了，是她们再也没有可以安排的东西，她们的子女早已忍不住离去，孤单的她，可怜得很。她们很希望家族来探亲，晚上祈祷："上帝，叫他们早点来看我吧！你这么向他说，你说……"

忽然，少女已变成八婆

忽然，少女已变成八婆。从前纯洁的面孔，仔细听人家说话，而且非常信人。不知不觉之中，少女已只剩下怀疑的表情。

任何事，一听，即刻右边的眉毛翘起，斜着眼角瞄对方，嘴唇闭紧，两边嘴角向下折去。哨牙的，还闭不住嘴，一张一合的，比巫婆还要恐怖。

“这个钱包花1000块买的。”八婆说。

身边的太太看了，说：“我也买了一个同样的，只要200。”

八婆马上做出上述的翘眉、斜眼、弯嘴状：“怎么可能？”

身边的太太不和她一般见识，轻描淡写地：“我的确是花了200。”

“塑胶做的吧！”八婆开始以狗眼看人低的态度伤人。

身边的太太再也懒得向她解释，把皮包拿出，和八婆的比较。

果然一模一样。

八婆更吞不下这口气：“我那个是进口的，你那个是水货。”

身边的太太耸耸肩，走开。

只有这么对付八婆，和这种多疑的人在一起，全身精力都要浪费在无聊的答辩上，一点用处都没有，对社会和人生，亦无贡献。

同样的情形如果相反地发生。八婆买了一个600块的皮包，看到对方付了1000元的话，八婆并不为自己买到便宜货而开心，她一定心里想：“呀！我买到了一个水货。”或者是：“呀，我那个是塑胶做的。”或者是：“绝对有可能她买得比我的便宜！我上当了！”

八婆永远地埋怨，永远地做出那个怀疑的表情，因为八婆只在化妆时才看到自己的样子。不相信自己那么老，表情就露了出来，每天练习，熟能生巧，已变成专业八婆。

不求上进，女人便成了八婆

看从前的照片，各个八婆都有点可爱的影子，至少浓厚的青春尚存，不然怎么找到现在的老公？

从什么时候开始，无邪的少女变成饶舌的八婆呢？绝对不是一朝一夕，那是秒分时日月年渐进式的累积。

最初，说人家的坏话以为是保护丈夫和女儿，其实是自己好吃懒做，无所事事，有什么好过闲言闲语？

丈夫在赚钱之余，接触的人多了，在商场中也能进步，但八婆停留在一个阶段中，因为她们接触的，只是发型师和美容院中乱摆的八卦周刊，俗不可耐的丑闻，八婆们当成第一手资料，津津乐道。

先生们事业上的成功，八婆们都以为是自己一手造成的。当然，烦不胜烦的老公，唯唯诺诺，因为，他们已经疲倦，不想再花时间反驳，投降是最好的选择。

当今的儿女又是老人精，绝对会看脸色做人，对老母的无理要求，也学会了像老爸一样唯唯诺诺。

丈夫用的手下，看到老板已经不反抗了，还能吭声？也参加了唯唯诺诺的队伍。发型师更是唯唯诺诺的领导人。

这时，八婆成了，简直是呼风唤雨，面目更是可憎。

久而久之，老公有了另外一个女人，是必然的事。

八婆哭了。唯一解脱，是变成神棍，跟随大师做善事，念经吃斋，还是悟不出道理。最简单的答案，是自己懒，不求上进。说八婆坏话，一定要说有例外，所以八婆读了你的文章，都以为自己是例外，不然她们骂起人家，还来得个勤快。

精神上有病，肉体上就有病

在中环遇到一位女友，从前面容和身材都是一流，现在面黄肌瘦。

“被男朋友搞成这个样子？”我问。

“胡说。”她笑了。

“被女朋友搞成这个样子？”我又问。

“你在乱讲些什么？”她笑得更厉害，还是可爱。

“我见过一个女强人，她的女朋友不被她弄得像你这个样子。”我说。

“我没那种兴趣。”她说。

还有救，我说：“一起去吃饭吧，附近有家海鲜餐厅，鱼蒸得好。”

“不，我已经不去餐厅吃东西了。”她说，“全是味精，真恐怖。”

“这一家人我熟，可以叫他们不放味精。”

“不过，”她说，“我已经连鱼也不吃了。”

“什么？鱼那么好的东西，你不吃？”

她点头：“现在整个海洋都被污染了，珊瑚礁中的鱼有雪茄毒。附近海里面的鱼，都被我们香港人吃完，要从马来西亚和菲律宾进口，空运来的时候怕它们死掉，加了药喂，这种海鲜怎么吃得进去？”

“好吧。”我说，“我们不如到西餐厅去吃牛扒。”

她又笑了：“有疯牛症呀！你还敢吃？”

“我想去的那一家，是用玉米养的，吃普通饲料的牛才有毛病，饲料里面有牛的骨头，牛吃牛骨，怎么会不弄出一个疯牛症来报仇？”

“猪呢？”

“有哮喘药和口蹄疫。”

“羊呢？”

“膻。”

“就算是干净，我也不吃红肉，太不健康了。”

我双眼望天：“那么去吃肯德基炸鸡吧！”

“油炸的东西，胆固醇最多了。”她说。

“豆腐呢？”我问，“吃蒸豆腐，总不会有事吧。”

“你真是不懂得吃。”她说，“豆腐最坏了，豆类制品中含的尿酸最多。”

“炒鸡蛋总可以吧？”

“现在的鸡，都是农场养的。”她说。

“这我知道。”

“普通的鸡，本来一天生一个蛋的。在农场，为了要让鸡生得更多，把一天分成两个白天和两个晚上，六小时一班，骗鸡多生一个，鸡被关在黑暗的农场里面，任人类摆布。现在还过分得要三小时一昼夜，叫它们生四个呢。蛋壳愈生愈薄，愈薄愈容易生细菌。你去吃鸡蛋吧，我才不吃。”她一口气说完。

真拿她没办法。意气用事，非想到一样她可以吃的东西不可。

“有家新派餐厅，专门做女士用的中餐，吃的尽是些蒸熟的鸡胸肉，你如果不吃鸡，可叫他们做完全是生菜的沙律。”虽然对这种健康餐一点兴趣也没有，为了她，我肯牺牲。

她又笑得花枝乱颤：“生菜上面有多少农药你知不知道？”

“他们那一家用的是有机蔬菜。”我抗议。

“有机无机，都是餐厅自己说的，你怎么证实他们用的是有机蔬菜呢？”她反问。

“你的疑心病那么重，又嫌这个又嫌那个，那么你说好了，你有什么东西可以吃的？”我赌气说。

“水呀，喝矿泉水没有问题。”她回答。

“最近报上的消息，说喝水喝太多，也会虚脱而死的。”我说，“而且，水里面有矿物质，沉淀起来，会变成胆结石的。”

“生果呀。”她说，“又可以减肥。”

“生果上面也有杀虫剂呀！”我说，“苏加诺的老婆黛维夫人也说过，生果有糖分，吃了照肥。”

她已不作声。

“跟我去吃一碗猪油捞饭吧！”我引诱。

想起小时候那碗热腾腾、香喷喷的白饭，她开始有点动心了。

“你这又不吃，那又不吃，担心这个，又担心那个，迟早担心出病来。”我说，“精神上有病，肉体上就有病，我不是叫你每一天都吃猪油捞饭，但是偶尔吃一碗，没关系的。”

她想了又想，最后还是说：“不了，谢谢你的好意，我回家去吃好了。”

“你回去吃些什么？有什么你还能吃的？”我问。

“胡萝卜。”她回答，“这是我唯一觉得能吃的东西。它长在地下，不受污染，用榨汁机打成汁。我喝胡萝卜汁，已够营养。”

怪不得她面黄肌瘦了。胡萝卜有色素，吃得多了就会呈现在皮肤上，这是医生说的，医学界证实过，不是说出来吓人。

“再见。”她说完转身，向人群中走去。

望着她的背影，我知道她总有一天会完全消失。

“丑”女人的十宗罪

丑女人，并不一定是讨厌的。

她们知道自己不好看，就用其他长处来补这个缺点，像努力学习，成为专家；或长成开朗的个性，谈吐幽默，讨人喜欢，等等。丑女人会愈来愈美，尤其是当男人心灵空虚的时候。这世界很公平，让她们嫁得出去，到底，平均起来，她们还是占大多数的。

但是，讨厌的女人，绝大多数都丑。自古以来，就有丑女多作怪这句话。

这些女人，如果她们称得上是女人的话，很容易认出，你身边有的是。

第一，说话时不用眼睛望着你，鬼鬼祟祟左看右看，整天想些坏念头。

第二，从不公开发表意见，总是和左右的人耳边细语，造谣生非。

第三，鸡毛当令箭，一抓到一点点的权力，

从不放过，使尽为止，能令对方多难堪就是多难堪，这是她们唯一的乐趣。

第四,一开口，嗓子总是乌鸦般难听，嘴巴也放大，像只唐老鸭。

第五，谈话内容一定先表扬自己有多厉害，什么都懂，时常夹一两句发声不准、文法不通的英语来显示自己的语言能力。

第六，贪婪。小便宜绝不放过。喝茶时，临走会将桌上的那罐小蜜糖放进皮包。

第七，奉承。利用自己的小聪明，说了一大堆话之后，主题转到有钱有势的局中人，不要脸地赞美对方，有多肉麻就多肉麻。

第八，欺负人。对属下呼呼喝喝，在别人面前展示自己的威力。

第九，寒酸，从不见她们请客。还带着的是肮脏，衣袖上有油渍也不肯花钱去洗。

第十，爱唱卡拉 OK，这一点最要命。

遇到这种又丑又恶的爬虫动物，最好当她们透明，眼不见为净，秽物一堆，望来干吗？

你以为的对他好就真的是对他好吗

为了拍《霹雳火》那部电影的一场赛车，我到日本的下关去看外景。

这地方乡下得不能再乡下了，唯一值得一游的，是它盛产鸡泡鱼河豚。

一大早，海边的菜市场中便有河豚出售，是渔夫们一船船运到这个港口来的。

我见到了个熟悉的背影，绝对错不了，那是我的老同学佐藤。

佐藤在十多年前“人间蒸发”，这是日本的名词，说一个人忽然间没影没踪，不见了的意思。

真想不到能与他重逢，我大叫一声：“佐藤。”

他愕然地回首，看到我，用手指在嘴边嘘了一下，打眼神要我和他一齐走开，其他的渔夫，都用奇怪的目光看着我这个陌生人。

“别叫我的名字。”他说，“我在这里，他们都以为我姓新井。”

我们走进一间小酒吧，普通人的清早，是渔夫们的深夜，有间酒吧，专做他们的生意。

“你为了什么人间蒸发的？”我问。

“唉！”他长叹了一声，“为了一瓶药丸。”

“药丸？”

“是的，”他说，“我有胃病，随时要吃药。”

“那又和你离家出走有什么关系？”

“你听我说嘛。我的太太叫美香，你也认识。”

美香，我想起来了，她是我们学校的校花，多少人想追也追不到，想不到嫁给佐藤这家伙。

“你很幸运。”

佐藤不出声了，过了一阵子，然后说：“怎么美丽的女人，结了婚，都会变的。”

“她对你不忠？”

“不是，她是个贤淑的女人。不过，她太小心眼。”

“所有的女人都是这样的，这是她们的天性。”

“我也知道，所以我一直忍着。”佐藤说，“毕业之后，我考进电通公司，负责拍广告，算是有福，步步高升，后来还当上部长。”

“哇，在那么一个大机构，做部长可不是容

易的。”

“收入也不错，但是当我想花点钱的时候，我老婆总是说：‘老了之后怎么办？’我说：‘有医药保险，有退休金呀。’但我老婆说：‘怎么够？’”

“你们日本人不都是大男人主义的吗？”我问。

“我骂她一次，她听一次；骂她两次，她听两次。但是女人的唠叨，是以百次千次亿次计算的。日本历史上的大将军，多少错误的决定，都由他们老婆的唠叨造成的。”

“避免不了的事，就投降呀。”我说。

“太疲倦了，我当然投降。投降之后，无奈极了。她一步一步地侵蚀我的思想，我每一次点多一点酱油，她每次警告说对腰不好，我想多吃几个蛋，又是胆固醇太高。”佐藤摇头。

“一切都是为你好呀！”

“是好，一切都为我好。我太好了，太安定了，太健康了。家也不像一个家。不对，我说错，像一个家，像一个她的家，不是我的家。先由客厅着手，面纸盒要用一个织花的布包着，一切都是以她的口味为主，变成娘娘腔的，卧房当然女性化，连我的书房，也变成她的贮衣室。”

我听得有点不耐烦："你说那么多，还没有说到关键性的那瓶药丸。"

"我刚刚要说到那瓶药丸。"佐藤叫了出来，"我把药放在餐桌上，随手可以拿来服用。第一天，她就把瓶子收拾回药柜里。我说我知道你爱整齐，但是这瓶药，我想放在这里，随时可以吃，好不好？征求她的同意，她点点头，拿出来后，第二天，又收回去。这次我不睬她，自己放在餐桌。第二天，她再次地收进药柜。我大发脾气，把餐桌上的东西都摔在地下。第二天，她将一切收拾好，当然包括我那瓶胃药。"

"那你就头也不回地走了？"我问。

佐藤点头："她还以为我外头有女人。我年轻时什么女朋友没有交过？我绝对不是一个临老入花丛的男人。她太不了解我了。我把一切钱财都留给她，算是对得起她，从此，我由她的生命中消失。"

"她没有试过找你吗？"

"日本那么大，我一个地方都住不上一两个月，她哪里去找？日本住不下，我就往外国跑。我现在学做渔夫，捕捕鱼，日子过得快活，是另外一个人生了。人家活一世，我好像有活了两世的感觉。是的，我很自私，人一生下来就是孤单的。自私对孤单的人来说，没有错。”

“不喜欢的话，离婚好了，也可以有第二个人生呀，何必人间蒸发？”

“你不会明白的，女人是不会放过你的。”佐藤说完，把酒干了。他没有留地址给我，因为他知道，他妻子终有一天会找到我的。

“要是她有一天出现在你眼前呢？”我追上去问，“你会说什么？”

“以其人之道还治其人之身，我会向她说：一切都是为你好！”

“你听我的话做，不就没事吗？”

“绑安全带！”

一上车，女人已经命令。

驾了那么多年车，男人怎么不会做这件事？但还是客气地说：“呀，差点忘了。”

出了门口，男人向左转。

“转右！”女人又命令。

“昨天这个时候那条路塞车。”男人解释，“今天不如换一条路走吧。”

太太显然地对这个自作主张的部下不满，但不出声，心中想：“嘿嘿，要是另一条路也塞车，就要你好看！”

要多么巧就有多么巧，其他人也聪明地转道，变成一条长龙。

“转头！昨天塞车，并不代表今天也塞车呀！”女人说，“要是你听我的话做，不是没事吗？”

“是，老婆大人。”男人只有乖乖地依着女人指定的方向走去。

当然，又是一条长龙，繁忙时间，哪有不塞车的道理。但是女人说："这条龙比刚才那条短得多！"

"你看得出哪一条龙长，哪一条龙短，这可出奇了。"男人想讲，但忍了下来。

闲来无事，两者又无对话，男人打开收音机听新闻。

"每天都是波斯尼亚战争，乌干达难民，有什么好听？"女人伸手一按，录音带播出邓丽君的旧歌。

后面有辆的士一直在按喇叭。

女人转头，狠狠地瞪了的士司机一眼，大叫道："响什么？赶着要去奔丧咩？"

"那些年轻人血气方刚，听到了什么事情都做得出的。"男人低声下气地说。

"怕什么？"女的理直气壮，说完就要按钮卷下玻璃窗，伸头出去咒骂。

"别……别……"男人慌忙阻止。

好在的士司机已经不耐烦，越过双白线，扒头前去。

“跟着他走！跟着他走！”女人再次命令，“老在这里等着，什么时候才能赶到？”

“那是犯法的呀！警察抓到会抄牌的呀！”男人抗议。

“人家怎么不怕？”女的以轻视的目光看着男人，“要抓也是抓他去，你……你……”

男人在女人还没讲到“没种”这两个字之前，战战兢兢地把车驾出双白线，超过别人的车子。

忽然迎面来了几辆车，喇叭声大作，男人即刻把车子闪到一边，险过剃头地避开，捏了一把冷汗。

打躬作揖地要求排长龙的司机让一让，才能将车子驾进去，但是他们不买账，一车跟一车地贴得紧紧的，绝对不腾出一点空间。

“冲呀！”女人斩钉截铁地命令。

男人即刻照做。

这次，迎面来的是一辆运货柜的大卡车，“砰”的一声巨响，撞个正着，奔驰的车头已扁，冒出浓烟。

女人的第一个反应不是看丈夫有没有受伤，她尖叫：“要是你听我的话做，不就没事吗？”

货车中跳出两名彪形大汉，直往车子走来，男人心中叫苦："完了，这次完了！"

嗡嗡巨响，骑白色大型电单车的交通警及时赶到，男人好像得到救星，跳出车子．紧紧地把他抱住。

交通警大力地把男人一推，大喊："多告你一条同性侵犯罪！"

"救命！"男人哀求。

交通警慈悲心发，安慰他："别怕，有我在，那两个男人不会打你的。"

"我不是怕那两个大汉！"男的已经歇斯底里，"我怕的是坐在车里的那个女人！"

"你说什么？"太太下车狂吼冲前。

男的落荒而逃。

"喂！"交通警在他身后大叫，"你的奔驰车不要了吗？"

"车子！老婆！"男的边逃边喊，"都送给你！"

交通警欲跳上电单车追来，但给其他车辆阻着。男的跑了几条街，抬头一看，是结婚前的女朋友住的地方。

男人直奔进女朋友的怀抱："快点收拾行李，

我自由了，我们马上乘国泰机到欧洲去旅行！”

女的大喜，抱着他吻了又吻。正当男的觉得一生幸福由此开始的时候，女的说：“不如坐维珍航空吧。”

“为什么？我一向惯坐国泰的。”男的说。

女的回答：“听我的话做，没事。”

“咦？这句话在什么地方听过？”男人觉察后鸡皮疙瘩竖起，大喊，“不，不！”

冲出门，男人再跑几条街，跑回妈妈家里，直奔母亲的怀抱：“我再也受不了所有的女人。”

世上只有妈妈好。妈妈抱着哭泣的儿子，摸摸他的头：“老早就说那个女人不适合你的了。要是你听我的话做，不就没事吗？”

可怜的丈夫，视归如死

已婚雌性动物有一种特别的才能，那就是她们可以制造一千零一个理由让丈夫们怕回家。

首先，你会认不得这是自己的家，因为她们总喜欢把家具搬来搬去，到最后还是回到老地方。

当你已是筋疲力尽的时候，她们会喋喋不休，连邻居烧了什么菜都告诉你。最终目的，是她们会尽量地让你快乐，让你感到有了她们，你才快乐。

厨房里传来的油烟味永远是一样，不是金宝罐头汤，就是“梅林”牌午餐肉。

睡房中，一个丈夫只能躲在棉被底下才能避开妻子的无聊猜疑：今晚不要来是不是和其他女人来得太多了？今晚为什么要来，是不是其他女人为你进了补？

有了婴儿更糟糕，他一生下来就知道自己的威力，要什么东西，他便大声尖叫。

他的母亲认为这是健康的现象，自己只管看电视，叫老公去搞定他。婴儿一看老子是好欺负的便一次又一次地嘶叫，太太看丈夫这一点小事也做不好，比婴儿更大声地向丈夫嘶叫，最后丈夫生气了，又向太太嘶叫。

这时婴儿才大乐睡觉。

历史上的勇士，是视死如归。唉，这一班可怜的丈夫，怪不得，是视归如死。

跋·以“真”为生命真谛的蔡澜

文 | 倪匡

不拘一格降人才

要用文字素描一个人，当然要先写下他的名字：

蔡澜。

然后，当然是要表明他的身份。

对一般人来说，这很容易，大不了，十余个字，也就够了。可是对蔡澜，却很费功夫。而且还要用到标点符号之中的括号和省略号，括号内是与之相关，但又必须分开来说的身份，于是在蔡澜的名下，就有了这些：

作家，电影制片家（监制、导演、编剧、策划、影评人、电影史料家），美食家（食评家、食肆主人、食物饮料创作人），旅行家（创意旅行社主持、领队），书法家，画家，篆刻家，鉴赏家

（一切艺术品——包括民间艺术品的推广人、民间艺术家发掘人），电视节目主持人，好朋友（很多人的好朋友）……还有许多，真的不能尽述。

这许多身份，都实实在在，绝非虚衔，每一个身份，都有大量事实支持，下文会择要述之。

在写下了那么多身份之后，不禁喟叹：人怎么可以有这样多方面的才能？若是先写下了那些身份，倒过来，要找一个人去配合那些身份，能找到谁？

认识的人不算少，奇才异能之士很多，但能配得上这许多身份的，还是只有他：蔡澜！

蔡澜，1941 年 8 月 18 日生于新加坡（巧之极矣，执笔之日，就是 8 月 18 日，蔡澜，生日快乐），这一年，这一天，天公抖擞，真是应了诗人所求，不拘一格，降下人才。

人才易得，这许多身份不只是名衔，还有内容，这也可以说不难，难得的是，他这人，有一种罕见的气质，或气度。那些身份，都或许可以通过努力获得，但气度是与生俱来，是天生的，他的这种气质、气度，表现在他“好朋友”这身份上。

桃花潭水深千尺

好朋友不稀奇，谁都有好朋友，俗言道：曹操也有知心人。不过请留意，蔡澜的“好朋友”项下有括号：很多人的好朋友。

要成为“很多人的好朋友”，这就难了。与他相知逾四十年，从未在任何场合听任何人说过他坏话的，凭什么能做到这一点？

凭的，就是他天生的气质，真诚交友的侠气。真心，能交到好朋友，那是必然的事。

以真诚待人，人未必以真诚回报，诚然，蔡澜一生之中，吃所谓“朋友”的亏不少，他从来不提，人家也知道。更妙的是，给他亏吃的人士知道占了他的便宜，自知不是，对他衷心佩服。

许多朋友，他都不是刻意结交来的，却成为意气相投的好友，友情深厚的，岂止深千尺！他本身有这样的程度，所交的朋友，自然程度也不会相去太远。

这里所谓“程度”，并不是指才能、地位，而是指“意气”，意气相投！哪怕你是贩夫走卒，一样是朋友，意气不投，哪怕你是高官富商，一样不屑一顾，这是交友的最高原则。

这种原则也不必刻意，蔡澜最可爱的气质之一，就是不刻意地君子。有顺其自然的潇洒，有不着一字的风流，所以一遇上了可交之友，自然而然友情长久，合乎君子交游的原则，从古至今，凡有这样气质者，必不会将利害得失放在交友准则上，交友必广，必然人人称道。把蔡澜朋友多这一点，列为第一值得素描点，是由于这一点是性格天生使然，怎么都学不来——当然，正是由于看到他的许多创意，成为许多人模仿的目标，所以有感而发。

蔡澜的创意无穷，值得大书特书。

千金散尽还复来

蔡澜对花钱的态度，是若用钱能买到快乐，不惜代价去买。若用钱能买到舒适，不惜代价去买……

这样的态度，自然“花钱如流水”，钱不会从天上掉下来，也自然要设法赚钱。

他绝对是一个文人，很有古风的文人。从他

身上，可以清楚感到古人的影子，尤其像魏晋的文人，不拘小节，潇洒自在。可是他又很有经营事业的才能，更善于在生活的玩乐吃喝之中发现商机，成就一番事业，且为他人竞相模仿。

喜欢喝茶，特别是普洱，极浓，不知者以为他在喝墨水，他也笑说“肚里没墨水，所以喝墨水”，结果是出现了经他特别配方的“暴暴茶”，十余年风行不衰。

喜欢旅行，足迹遍天下，喜欢美食，遍尝各式美味，把两者结合，首创美食旅行团。在这之前，旅行团对于参加者在旅行期间的饮食并不重视，食物大都简陋。蔡澜的美食旅行一出，当然大受欢迎，又照例成为模仿对象。参加过蔡澜美食旅行团的团友，组成“蔡澜之友”，数以千计，有参加过数次以上者。这种开风气之先的创举，用一句成语——不胜枚举，各地冠以他名字的“美食坊”可以证明。

这些事业，再加上日日不辍的写作，当然有相当丰厚的收入，可是看他那种大手大脚的用钱方式，也不禁替他捏一把汗。当然，十分多余，数十年来，只见他愈花愈有。数年前，遭人欺骗，损失巨大（八位数字），吸一口气，不到三年，损失的就回来了，主宰金钱，不被金钱主宰，快意人生，不亦乐乎。

真正了解快乐且能创造快乐、享受快乐，当年有腰悬长剑、昂首阔步于长安道路的，如今有背着僧袋、悠然闲步在香港街头的，两者之间，或许大有共通之处？

众里寻他千百度

对人生目的的追寻，可以分为刻意和不刻意两种，众里寻他，也可以理解为对理想的追寻。

表面上的行为活动，是表面行为，内心对人生意义的探讨，对人生理想的追求，则属于内涵。

虽说有诸内而形诸外，但很多时候，不容易从外在行为窥视内心世界。尤其是一般俗眼，只看表面，不知内涵，就得不到真实的一面了。

看人如此，读文意更如此。

蔡澜的小品文，文字简洁明白，不造作，不矫情，心中怎么想，笔下就怎么写，若用一个字来形容，就是：真。

乍一看，蔡澜的小品文，写的是生活，他享受的美食，他欣赏的美景，他赞叹的艺术，他经历的事情，大千世界，尽在他的笔下呈现。

试想，他的小品散文，已出版的，超过了一百种，即便是擅写此类文体的明朝人，也没有一个人留下这许多作品的，放诸古今中外，肯定是一个纪录。

能有那样数量的创作，当然是源自他有极其丰富的生活经历。

读蔡澜的小品散文，若只能领略这一点，虽也足矣，但是忽略了文章的内涵，未免太可惜了。“谁解其中味”？唯有能解其中味的，才能真得蔡文之三昧。

他的文章之中，处处透露对人生的态度，其中的浅显哲理、明白禅机，都使读者能得顿悟，可以把本来很复杂的世情困扰简单化：噢，原来如此，不过如此。可以付诸一笑，自然快乐轻松，这就真是“蓦然回首”就有了的境界，这是蔡澜小品文的内涵，不要轻易放过了！

闲来无事不从容

工作能力，每人不同，有的能力高，有的能力低。能力高者，做起事来不吃力，不会气喘如牛，不会咬牙切齿，兵来将挡，水来土掩，旁观者看来，赏心悦目，连连赞叹。能力低者，当然全部相反。

若干年前，蔡澜忽然发愿，要学篆刻，闻言大吃一惊——篆刻学问极大，要投入全部精力，其时他正负电影监制重任，怎能学得成？当时，用很温和的方法，泼他的冷水：“刻印，并不是拿起石头、刻刀来就可进行的，首先，要懂书法，阁下的书法程度，好像……哼哼……”那言下之意，就是说：你连字都写不好，刻什么印！

他听了之后，立即回应：“那我就先学写字。”

当时不置可否。

也没有看到他特别怎样，却已坐言起行，拜名师，学写字。

大概只不过半年，或大半年左右，在那段时间内，仍如常交往，一点也没有啥特别之处。一日，到他办公室，看到他办公桌上，文房四宝俱全，俨然有笔架，挂着四五支大小毛笔，正想出言笑话他几句，又一眼看到了一叠墨宝，吃了一惊：这些字是谁写的？

蔡老兄笑嘻嘻地泡茶，并不回答，一派君子。

这当然是他写的，可是实在难以相信。

自此之后，也没有见他怎样呵冻搓手地苦练，不多久，书法成就卓然，而且还是浑然，毫不装腔作势。篆刻自然也水到渠成，精彩纷呈，只好感叹：有艺术天才，就是这样。他的这种从容成事的态度。在其他各方面，也无不如此。在各种的笑声之中，今天做成了这样，明天又做成了那样，看起来时间还大有空闲，欧阳先生曰：得其一，可以通其余。

信然！

最恨多才情太浅

蔡澜书法，极合“散怀抱，任情恣性”的书道，所以可观。其实，书道、人道，可以合论。蔡澜的本家蔡邕老先生在“笔论”中提出的书道，拿来作做人的道理，也无不可。

在对待女性的态度上，蔡澜绝对是大男人主义者。

此言一出，蔡澜的所有女性朋友，可能会哗然："怎么会，他对女性那么好，那么有情有义，是典型的最佳男性朋友，怎么会是大男人主义者？"

是的，所有他的女性朋友对他的赞语，都是对的，都是事实，也正因为如此，才说他是大男人主义者。

唯大男人主义者，才会真正对女性好，把女性视作受保护的弱小对象，放开怀抱，任情尽心地爱之惜之，呵之护之，尽男性之天职，这才是真正的大男人。

（小男人、贱男人对女性的种种劣行，与大男人相反，不想污了笔墨，所以不提了。）

女性朋友对蔡澜的感觉，据所见，都极良好，不囿于性别的差异，从广义的观点来看一个"情"字，那是另一种境界的情，是一种浅浅淡淡的情，若有若无的情，隐隐约约的情，丝丝缕缕的情……

若大喝一声问：究竟是什么啊？

对不起，具体还真的说不上来。只好说：不为目的，也没有目的，只是因了天性如此，觉得应该如此，就如此了。

说了等于没有说？当然不是，说了，听的人一时不明，不要紧，随着阅历增长，总会有明白的一天，就算终究不明，又打什么紧？

好像扯远了，其实，是想用拙笔尽可能写出蔡澜对女性的情怀而已。不过看来好像并不成功。

回首亭中人 平林澹如画

试想看云林先生的画：天高云淡，飞瀑流泉，枯树危石，如斗茅亭。有君子兮，负手远望，发思古之幽情，念天地之悠悠，时而仰天大笑，笑天下可笑之事，时而低头沉思，思人间宜思之情，虽茕茕孑立，我行我素，然相交通天下，知己数不尽。

若问君子是谁，答曰：蔡澜先生也。

回顾和他相知逾四十年，自他处学到的极多。“凡事都要试，不试，绝无成功可能，试了，成功和失败，一半一半机会。”这是他一再强调的。只怪生性不合，没学会。

“既上了船，就做船上的事吧。”有一次跟人上了“贼船”，我极不耐烦，大肆唠叨时他教的，学会了，知道了“不开心不能改变不开心的事，不如开心”的道理，所以一直开开心心，受益匪浅。

他以“真”为生命真谛，行文如此，做人如此。所以他看世人，不论青眼白眼，都出自真，都不计较利害得失，只求心中真喜欢。

世人看他，不论青眼白眼，他也浑不计较，只是我行我素：“岂能尽如他意，但求无愧我心。”

这样的做人态度，这样的人，赢得了社会上各色人等对他的尊重敬佩，是必然的结果。有一次，我在前，他在后，走进人丛，只见人群纷纷扬手笑脸招呼，一时之间以为自己大受欢迎，飘飘然焉，及至发现众人目光焦点有异，才知道是和身后人在打招呼，当场大乐：这是典型的“狐假虎威”。哈哈。

即使只是素描，也描之不尽，这里可以写

一笔，那里可以补两笔，怎么也难齐全。这样的一个人，哼哼，来自哪一个星球？在地球上多久了？看来，是从魏晋开始的吧？

附录

蔡澜：平生做过的事，负责就是

申请到澳门居住，官方要我一个履历。至今幸运，从未求职，不曾写过一篇。当今撰稿，酬劳低微，与付出之脑力精力不成正比，既得书之，唯有借助本栏，略赚稿费，帮补帮补。

蔡澜，一九四一年八月十八日出生于新加坡，父副职电影发行及宣传，正职为诗人、书法家，九十岁时在生日那天逝世。母为小学校长，已退休，每日吃燕窝喝 XO 干邑，九十几岁了，皮肤比儿女们白皙。

姐蔡亮，为新加坡最大学府之一南洋女中的校长，其夫亦为中学校长，皆退休。兄蔡丹，追随父业，数年前逝世。弟蔡萱，为新加坡电视的高级监制，亦退休，只有蔡澜未退休。

妻张琼文，亦为电影监制，已退休，结婚数

十年，相敬如宾。

蔡澜从小爱看电影，当年新加坡分华校和英校，各不教对方语言。求懂得听电影对白，蔡澜上午念中文，下午读英文。

在父亲影响下，看书甚多，中学时已尝试写影评及散文，曾记录各国之导演监制及演员表，洋洋数十册。资料甚为丰富，被聘请为报纸电影版副刊编辑，所赚稿费用于与同学上夜总会，夜夜笙歌。

十八岁留学日本，就读日本大学艺术学部电影科编导系，半工半读，得邵逸夫爵士厚爱，命令他当邵氏公司驻日本经理，购买日本片到香港放映。又以影评家身份，参加多届亚洲影展为评审员。当年邵氏电影愈拍愈多，蔡澜当监制，用香港明星，在日本拍摄港产片。后被派去韩国和中国台湾省等地当监制，其间背包旅行，流浪多国，增广学识。

邹文怀先生自组嘉禾后，蔡澜被调返香港，接他担任制片经理一职，参加多部电影的制作，一晃二十年。

邵氏减产后，蔡澜重投旧上司何冠昌先生，

为嘉禾之电影制作部副总裁，其间与日本电影公司拍过多部合作片。成龙在海外拍的戏，多由蔡澜监制，成龙电影一拍一年，蔡澜长时间住过西班牙、前南斯拉夫、泰国和澳大利亚，又是一晃二十年。

发现电影为群体制作，少有突出个人的例子。又在商业与艺术间徘徊，令蔡澜逐渐感到无味，还是拿起笔杆子，在不费一分的纸上写稿，思想独立。

《东方日报》的龙门阵、《明报》的副刊上，皆有蔡澜的专栏。亦在其他周刊、报纸上撰写杂文、食评等专栏文章。

写食评的原因在老父来港，饮茶找不到座位，又遭侍者的无礼，发愤图强，专写有关食物的文章，渐与饮食界搭上关系。

蔡澜的食评的影响力，从众多餐厅将其文章放大作为宣传，有目共睹。

报纸和杂志的文章结集为书，二十多年下来，至今已有一百种以上，销路如何，可从出版商处取得数据。蔡澜知道的是其书被内地大量翻版，年前香港“中央图书馆”亦曾收集翻版书数十种，供应商被海关告发定罪。

十多年前与好友倪匡及黄霑制作电视清谈节目《今夜不设防》，收视率竟超过70%。后来又在电视上主持《蔡澜人生真好玩》，得到好评，继而拍《蔡澜叹世界》的饮食及旅游节目，由此得到灵感，从影坛退出后办旅行团，带喜欢美食和旅行的团友们到世界各地吃吃喝喝为生。

之前，蔡澜参加过香港电台的深夜广播节目，由何嘉丽训练其广东话，对后来的电视节目甚有帮助，所操粤语方被人听懂。

香港电台每周一的《晨光第一线》中，蔡澜由各地打电话来做节目，名为好玩总裁，多年来未曾中断。

任职嘉禾年代，何冠昌先生有友人开茶叶店，想创品牌茶种，请教蔡澜意见，他调配了玫瑰花、积棋子和人参须，以除普洱茶的腐味。提供订茶商，认为低级，不被接受。蔡澜因此自制售卖，命名“暴暴茶”，有暴食暴饮都不怕之意。商品进入日本，特别受欢迎，横滨中华街中，出现不少赝品，亦为事实。继而蔡澜出品了饭焦、咸鱼酱、金不换酱等产品。

日本方面，富士电视制作的《料理铁人》，邀请蔡澜当评判，多次国际厨师比赛都由他给分，所评意见不留余地，日本称他为“辛口”，很辣的意思。

数年前，红磡黄埔邀请蔡澜开一美食坊，一共有十二家餐厅，得到食客支持，带旺附近，新开了三十多家菜馆。

闲时，蔡澜爱书法，学篆刻，得到名家冯康侯老师的指点，略有自己的风格。西洋画中，又曾经结识国际著名的丁雄泉先生，亦师亦友，教授使用颜色的道理，成为丁雄泉先生的徒子徒孙，爱画领带，以及在旅行皮箱上作画。

蔡澜交游甚广，最崇拜的是金庸先生，有幸成为他的好友之一。

数年前去到澳门，有一举办国际料理学院的计划，与日本的烹饪大学合作，但未成功，却爱上澳门的悠闲生活，开始在当地置业。

澳门蔡澜美食城筹备多时，终于在二〇〇五年八月四日开幕。

以上所记，皆为一时回忆，毫无文件资料支持。学校文凭，因长久不曾使用，亦失踪迹，其中年份日期也算不清楚。蔡澜对所做过的事，负责就是。

蔡澜记于二〇〇五年八月十八日生日的那一天。

图书在版编目（CIP）数据

微笑的种子，开花了：大字版 / 蔡澜著 . —北京：中国盲文出版社，2020.6

ISBN 978-7-5002-9656-0

Ⅰ . ①微…　Ⅱ . ①蔡…　Ⅲ . ①散文集—中国—当代　Ⅳ . ① I267

中国版本图书馆 CIP 数据核字（2020）第 066792 号

微笑的种子，开花了

著　　者：蔡　澜
责任编辑：包国红
出版发行：中国盲文出版社
社　　址：北京市西城区太平街甲 6 号
邮政编码：100050
印　　刷：东港股份有限公司
经　　销：新华书店
开　　本：710 × 1000　1/16
字　　数：113 千字
印　　张：16
版　　次：2020 年 6 月第 1 版　2020 年 6 月第 1 次印刷
书　　号：ISBN 978-7-5002-9656-0/I · 2072
定　　价：46.00 元
编辑热线：（010）83190265
销售服务热线：（010）83190520